末日時在做什麼？有沒有空？可以來拯救嗎？

4

枯野 瑛
Akira Kareno

illustration ue

Kadokawa Fantastic Novels

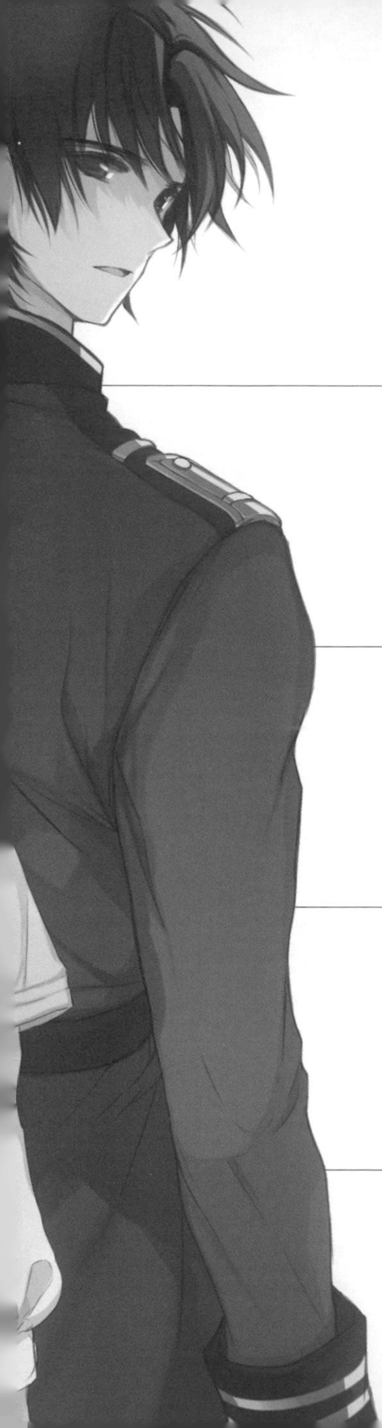

末日時
在做什麼？
有沒有空？
可以來拯救嗎？

contents

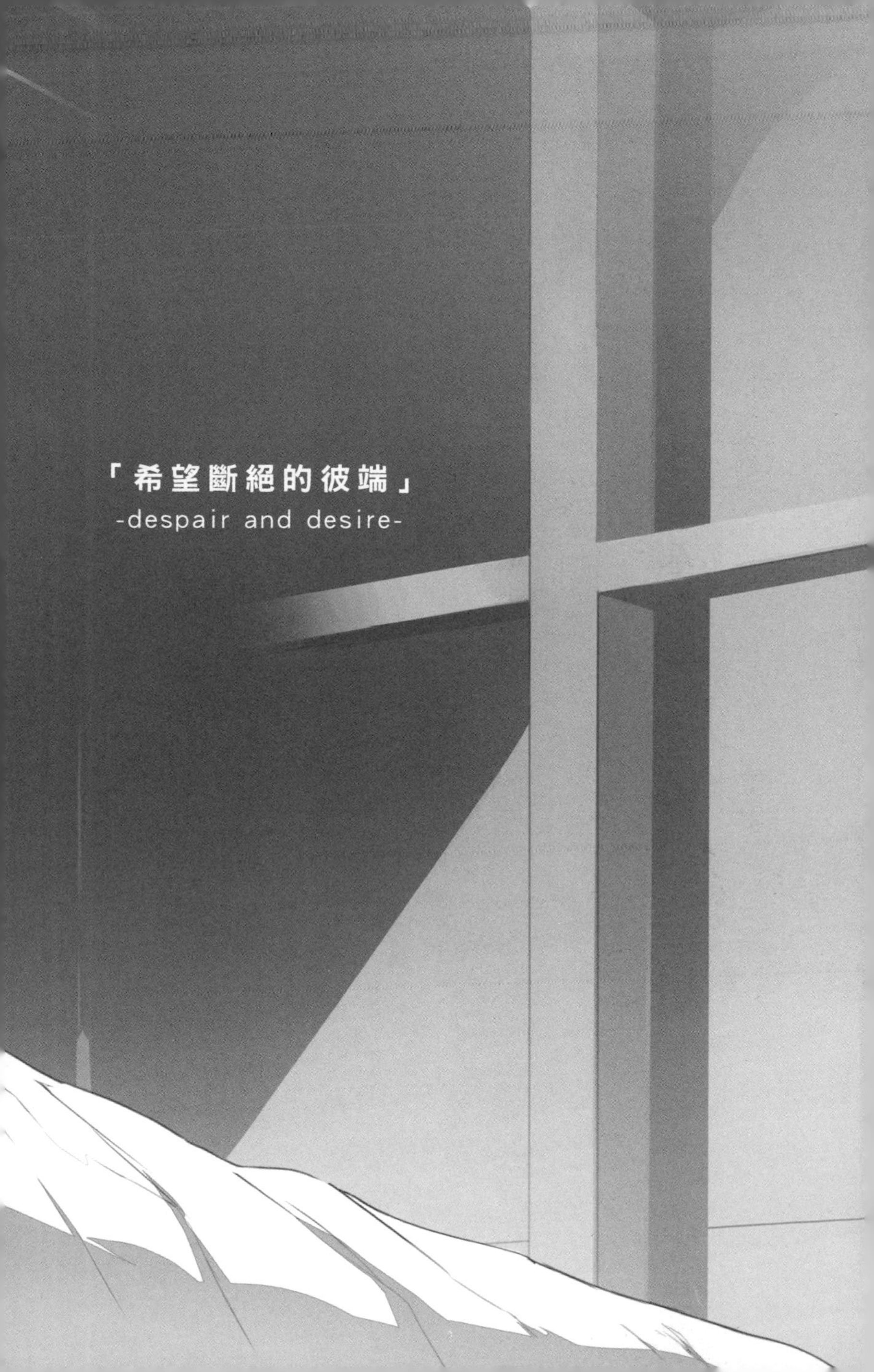

「希望斷絕的彼端」

-despair and desire-

妮戈蘭曾想過，那孩子說不定能活下來。她也有意相信奇蹟。可是，現實推展的方向卻全然無視了她那樣的心願。

護翼軍的高速艇從地表回收了一具屍首。

那是直到前些日子為止，都還是珂朵莉·諾塔·瑟尼歐里斯的**物體**。

——走出房間的妮戈蘭反手將門帶上。

接著，她背靠通路牆壁，當場滑坐在地。

咒燃爐的震動隆隆作響地搖晃妮戈蘭全身。簡直像待在母親胎內一樣，她腦海裡閃過如此的妄想。她覺得這想法不合宜，立刻用理性加以驅散——在這裡的只有已經逝去的生命，還有遲早會喪失的生命，而非正準備出世的生命。

妮戈蘭所在之處是主要於二十多號懸浮島之間巡邏，由護翼軍擁有的中型巡邏艇上。

「——看這東西讓妳難受了。」

軀體壯碩的爬蟲族(Reptrace)身為將妮戈蘭找來這艘巡邏艇的事主，聲音低沉地出言安慰。

「戰死沙場的妖精兵本應不會留下屍骸。她們會碎散成光粒，消融在風中……正如妳先前所說，珂朵莉早就不是妖精了。」

「是啊。」

目光仍落在地上的妮戈蘭虛應。

房裡擺著恐怕直到不久前仍是珂朵莉的物體。

或遭重擊，或遭砍斷，或遭貫穿，或遭磨耗。總之，各式各樣的傷口讓原為少女的肉體受損得幾乎不留原形。不過更而甚者，恐怕是少女靠蠻勁發揮了超出自身極限的身手所致，筋骨肌腱的撕裂傷尤深且多，重創了她的身體。

妮戈蘭不禁用雙手摀住嘴邊。她拚命將湧上的嗚咽壓回喉嚨裡頭。至於同時冒出的眼淚就忍不下也遮不住，只得認了。因為她只是個食人鬼(Troll)，有別於多臂型的鬼族，手臂也就兩條而已。何況——

「那孩子真的努力過了，對不對？」

因為妮戈蘭是食人鬼，肉的狀態只要看一眼，她就了解——那具屍首闖過了多麼激烈的戰鬥，當中又伴著多麼激動的情緒。

在戰鬥的過程中，少女恐怕絲毫不惜操壞自身肉體。

當人越接近死亡，越能劇烈催發體內的魔力(Venenom)。而她催出的那股力量，就足以強行驅策接近殘廢的身體持續惡鬥才對。即使皮開肉綻，骨頭碎裂，血液流失，她仍要將餘命全用於眼前的戰鬥。

「葬禮如何是好，還是採用鬼葬嗎？」

在各色種族、文化乃至生死觀都交相混雜的懸浮大陸群(Regulu Ere)上，對待死者的方式同樣五花八門。諸如火燒，土埋，任憑風吹鳥啄，泡在精油內保存，交由地方政府當垃圾回收等。

在那當中，鬼葬算較為普遍的埋葬法之一。內容單純明快，就是找擔任禮儀師的食人鬼將遺體吃掉。吞食其他生命來存續自我的存在告終後，就該再成為其他生命的糧食……儀式本身是基於如此的理念。

「……別那樣好了。」

妮戈蘭具備禮儀師資格。只要她現在自告奮勇，儀式要順她的意辦理應該很容易。

可是，她沒有那樣的意願。

以往犧牲的妖精兵們都沒有得到祭弔，只是隨光而逝。要讓珂朵莉成為唯一例外——即使實際上只有她是特別的存在——妮戈蘭仍會感到遲疑。何況……

「那塊肉已經變得空空洞洞了。我對靈魂或魔力那些並不熟悉，但我看了就曉得，它已經將意念還有求生的力量全部吐盡。吃了也無法承繼任何情思的肉，我吞不下。」

「嗯。」

對話中斷了。

儘管情緒仍在內心掀起駭浪，發抖的嗓音及眼淚倒勉強平歇了。

妮戈蘭站起身。

「……話說回來，另外兩人怎麼了。他們墜落的位置離得不遠吧，沒一起找到嗎？」

「關於那件事。」

爬蟲族的目光猶豫似的游移於半空。

「我有接到一條確定的消息，還有一條則不確定。妳想先聽哪一邊？」

什麼問法啊。她心想。

難道不是分成好消息和壞消息嗎。倘若如此，妮戈蘭就可以毫不猶豫地叫對方只告訴她好消息，剩下的都別說。總之，她現在不想聽見任何一件會讓心情更低落的事情。

「……麻煩你從確定的消息說起。」

「〈最初之獸〉在那塊地方出現了。這就是地表的探索行動中途喊停的理由。同時，也是無法再繼續進行探索的理由。」

「它厲害嗎？」

「不清楚。有史以來，從未有人與那頭〈獸〉交戰過。」

「既然這樣——」

「因為戰無可戰。萬物光是靠近〈最初之獸〉就會灰飛煙滅，失去形體及生命，化作區區的沙粒。」

那頭〈獸〉本身不具惡意、敵意及殺意。它光是存在於那裡就構成威脅。無人能夠靠近，也無人能夠碰觸，因此無人能敵。連要向它挑起戰鬥都不行。

換句話說，和珂朵莉一起喪失於地表的其餘兩人——威廉．克梅修和奈芙蓮．盧可．印薩尼亞，已經連遺物都找不著了。

「……是嗎。」

妮戈蘭背靠牆壁，用雙臂緊緊摟住了自己。

「那就是確定的消息啊。那麼，另一條消息是什麼？」

她不抱任何一絲期待，催促對方繼續說。

目前她位於谷底。就算再聽見什麼，情緒也不會比現在更低落。她抱著無所謂的心態如此篤定。

「據說大賢者用了失落祕術來尋找威廉的行蹤。那招似乎叫心跳探測，能追蹤有生命之人到天涯海角。」

——嗯？

話題變得有些不對勁了。

提到大賢者，可是創立這座懸浮大陸群的核心要角。其年齡少說也超過五百歲，還通曉種種古代祕術，見識比任何人都淵博。是無論現在或以後，應當都會像從前一樣繼續保護懸浮大陸群的傳奇級人物。在孩童的繪本或學院教科書都是如此記載。

還有——雖然妮戈蘭當時聽見那套說詞實在無法置信——同樣身為活生生傳奇的威廉曾經表示大賢者跟他是老交情。因此，偉大而令人敬畏的大賢者會動用傳說祕術尋找威廉行蹤這件事固然令人疑惑，但是妮戈蘭倒不驚訝，然而——

「你說……那是用來追蹤有生命之人的祕術……」

「結果威廉似乎『仍位於大地的某處』。」

「……——唔？」

妮戈蘭倒抽一口氣。

怎麼會。不可能有那種事。

不對，可是會偵測到那樣的結果，應該就是那個意思。可是可是。

「目前未有結論。當大賢者那般的高人動用祕術，卻只查出『位於某處』這樣含糊的結果時，事態就已經失常了。然而，即使如此……」

即使如此，可能性還在。

哪怕據說能追蹤有生命之人的古代祕術效果並非萬全，見效了仍是事實。不管怎樣，從中都能孕育出一線希望。

「或許，那名戰士如今仍投身於某處的戰場。」

「嗚啊。」

妮戈蘭發出怪聲。

「嗚啊……」

緊接著，理應好不容易才停住的淚水，總算才吞下去的嗚咽，又因為和先前完全不同的理由冒了出來。而且，這次食人鬼的兩條手臂沒能攔住任何一邊。

她明白。這確實是不確定的消息。並不代表這樣就能認定威廉還活著，應該在他身旁的奈芙蓮當然更無法一併解讀為性命尚存。但即使如此，她內心的聯想還是停不了。

絕望的意思是希望斷絕。如果害怕那種痛，就不該抱持希望。即使妮戈蘭的腦袋如此理解，湧上的欣喜卻無論如何也抑止不住。

咒燃爐隆隆作響，像搖籃一樣地搖晃著。

女食人鬼哭哭啼啼，像嬰孩一樣放聲嚎啕。

「甜蜜溫柔的夢裡」

-puppets on stage-

1. 父女

愛爾梅莉亞．杜夫納不知道母親的長相。

她從懂事時就只有父親一個家人。

而且，她對父親知道得也不多。

父親幾乎都不回自己的家。他白天做兌幣生意，晚上則會去情婦那裡。

偶爾回公寓看女兒的臉，也就是一聲不吭地確認人還活著罷了。在那種時候，他會順手似的將所需的最低生活費留在桌上再走。那幾乎就是他們倆之間曾有的一切交流。

因此，少女小時候是獨自過活的。

她不依靠任何人，也不被任何人依靠地長大。

事情發生在少女七歲的某一天。

疑似涉及犯罪的父親被同夥捅死了。

於是，少女當然就被趕出了公寓。

沒有其他親人可以投靠的她，會直接被送去寇馬各市營的養育設施——本應是如此。

然而，有個疑似是偵辦父親犯罪情事成員之一的老人（大概），在這時候出了意見。據他所說，相見便是有緣，他想將這個女孩交由自己名下的養育院來照料。

在場的衛士及官員都別無理由反對老人提出的主意。而且，少女當然跟不上自己身邊環境的劇烈變動，也就沒有餘裕置喙了。

†

那名老人帶少女前往的地方，有座陳舊的木造建築。

從今天起，這裡就是妳的家——老人如此告訴聽得有耳無心的愛爾梅莉亞。

然後呢，那幾個傢伙就是妳的家人——這句話當然也直接穿過了少女的耳朵。對她來說，家是指那棟公寓裡的小房間，家人則是指幾乎見不到面的父親。一下子突然被吩咐從今天起會有新的人事物取而代之，她也聽不懂意思。

話說到這裡，有個少年似乎看見了他們倆，便朝著兩人跑過來。

老人認出少年的身影，就告訴他，家裡有了新成員。

少年探頭看向少女。

——妳是怎麼了，一臉無聊的樣子。

少女只朝他瞥了一眼，然後立刻轉開目光。當時她不太有心情跟人講話。何況對方是個一見面就出言不遜的小孩。

——欸，妳幾歲？

少女不理對方。

——哎，幾歲都一樣啦。反正我比妳早來這裡就對了。

少女不理對方。

——聽好喔，妳來這裡以後，跟我們就是一家人了。既然我比妳早來到這個家，那我就是妳的大哥。妳可以叫我哥哥喔，我特別准妳叫。

少女不理對方。

——怎樣啦，真不可愛耶。

如此互動一陣子以後，少年就放棄繼續搭理少女，敗興似的離開了。少女只朝他的背影瞥了一眼，然後目光便落到腳邊。

她希望對方別理她。

她才不需要家人。就算突然把那種東西推過來，她也不知道該怎麼對待。用不著別人多管，她自己就會設法活下去。

只見老人無奈地聳了聳肩。

接著，到了當晚。

環境劇烈變動。持續不斷的緊繃狀態。未成熟的體力與精神力。

以結果來說合情合理，少女病倒了。

她發了高燒，病得沒辦法下床。

腦袋昏沉，呼吸困難，胸口疼痛。

自己會不會就這樣死掉呢？愛爾梅莉亞在意識朦朧間思索。

她腦子裡明白這只是懦弱下的想法。而且，她還冒出了就算沒命也無妨的草率念頭。

這麼說來，自己原本就沒有多麼強烈地想要活下去的心。既然這是段多活也別無意義的人生，就此結束也不壞。

有某種冷冷的東西被擱到額頭上。

少女的意識依舊恍惚，沒有察覺到那是塊濕毛巾。只不過，她覺得稍微舒服了一點點。對，一點點而已。

——哼。

——不可愛還害人花工夫照顧。

那句抱怨，她也幾乎沒聽見。

抱怨者勤快地更換吸收熱度的毛巾。後來桶子裡的水不冷了，他甚至在夜裡摸黑到井口另外打水。

在那樣的過程中，少女的意識稍微恢復鮮明了。

她隱約曉得，身旁有人陪伴著。

——唔哇，已經這麼晚啦？

而身旁的那個人，似乎驚訝地說了些什麼。

——糟糕，我也要早點睡，否則早上會起不來。

對方發出起身的動靜。少女沒有連那個人自言自語的內容都聽清楚，但她只知道對方準備離開了。

少女的手兀自動了。

那名人物的衣袖被她用無力的手指頭抓住。

「——爸——爸——」

同樣地，嘴巴也自個兒動了。

「——不要——走——爸——」

少女聲音顫抖，還用細微得幾乎連自己都聽不見的小小音量訴說著什麼。

原本打算離去的某個人遲疑了。

他猶豫了一會兒，然後又當場坐下來。

——別擔心。

——妳的「爸爸」就在這裡。哪裡也不會去啦。

騙人，一聽就知道是謊話。

愛爾梅莉亞的親生父親死了。而且，他在生前幾乎都不跟女兒說話。要他用溫柔話語表示關心自然更不可能。

即使如此，少女還是依了那句謊話。

她摸索出「爸爸」在身旁的手，拚了命地握緊。因為她希望有人陪伴，她全心全意地依靠在身旁的某個人。她向冒牌父親索求真正的溫暖。

到最後，那隻溫暖的手溫暖地回握了少女的手。

「爸……爸……」

——噢。

出聲呼喚，就會得到回應。

好高興，少女心想。

在希望有人陪伴時，能夠有人陪著。光那樣就能感到幸福，難道不是最幸福的事情嗎

——她甚至冒出了像這樣有些曲折的想法。

後來，對於當晚的事情，照顧她的少年曾如此表示。

據他所說，在養育院這樣的地方，有人生病並不算罕見。主要是因為父母過世或生活環境劇烈變動，家裡的新成員常會身體失調而病倒。像那樣的孩子，少年看過好幾次。

再說，在病臥時呼喚爸爸媽媽，也是稀鬆平常的事情。

認識的家人都不在了，又來到全是陌生人的地方。內心不可能不孤單。更不可能逞強到底。因此，在身心都衰弱不已的夜晚，就會冒出那種話。算不上稀奇的事情。在這間養

育院的每個人都經歷過同樣的心路歷程。

所以說，不需要感到難為情或丟臉之類的。自己會把這件事忘掉，因此妳最好也盡快忘記……少年輕輕地甩了甩手，並且對少女說了大意如此的話。

「……不要。」

愛爾梅莉亞明確得連自己都訝異地拒絕了他的好意。

畢竟，當時她是那麼的溫暖，那麼的安心，那麼的高興。她不希望為了無關緊要的理由，好比說因為事情不稀奇或者稀鬆平常，就抹煞掉寶貴的回憶。

「叫我忘記這件事，我絕對不要……**爸爸**。」

少年露出排斥的表情。

呃，妳還不如叫我哥哥啦，我才不想在這種年紀就成為一兒之父——少年開始嘵嘵不休地講起這些喪氣話。那模樣確實感受不到足以稱為父親的威嚴或派頭。不過……

「誰教威廉一點都沒有大哥哥的味道。」

要那樣說的話，再怎麼想，我也沒有爸爸的味道吧？

「那碼歸那碼，這與那是兩回事。」

我們講的是同一件事吧！妳為何要那麼堅持把我當老爸？

「要說為什麼，那是因為……」

她想了想。

「祕密。」

然後，才撒嬌似的閉上單眼吐舌扮鬼臉。

†

——她睜開眼睛。

†

在黑暗中，她茫然地望著眼前的天花板消磨時間。

窗外微微聽得見鳥鳴聲。想來是黎明近了。

「嗯……」

感覺像做了漫長的夢。

而且，自己好像還沒有從那個夢醒來。

那好像……並不是惡夢。至少，內容和小時候讓自己吃足苦頭的那個**惡夢**不同。

腦袋昏沉。無法好好地思考。

驀地。她從床上起身，甩了甩頭穿上拖鞋。帶著猶仍在夢中的心境離開房間。走在走廊上，木造的破爛地板嘰嘎作響。

接著……

「啊。」

她在那個房間，見到了那名人物。

眼熟的黑髮還有溫和臉孔。修長體格躺在沙發上似乎嫌窄了些。

「……爸爸？」

瞬時間，她的意識有如破曉霧散那樣地清醒過來了。

自己是什麼人，為了什麼而來到這個房間，接下來又該做些什麼，她統統想起來了。

「不行不行。」

她啪搭啪搭地踏著拖鞋折回走廊。

養育院的早晨可忙了，有許多事該做。她想在太陽升起前先打開窗戶，還得在小不點們醒來前準備好早餐。還有，為了挑在意外時間回來的家人，她也希望將早餐做得豐盛一點。

今天大概會變成久違的忙碌日子。

「回來前至少捎個聯絡嘛，這個笨爸爸。」

他遲早會睡醒。然後開頭第一句就會說他餓了。

每次都這樣。是不是真的餓倒令人懷疑，不過她這個「爸爸」每次回到這裡，就會要求吃飯。彷彿急急忙忙地想將離開期間的日常生活補回來。

「好。加把勁吧。」

她微微笑了笑，然後將愛用的圍裙拿了出來。

2. 異鄉客

威廉明白，自己已經無法再戰鬥了。

如果勉強上戰場就會死。他也做好了那樣的覺悟。

而且，威廉積極地接納了那一點。少女們會前往戰場。自己則待在和平的地方，目送她們的背影——對此，他也接受了。

明明如此。

當飛空艇「車前草」遭遇〈獸〉的襲擊時，威廉本身卻自然而然地選擇了應戰。他選擇離開沉睡不醒的珂朵莉身邊，催發魔力，一心一意地破敵。

在戰場遇上的菈恩托露可看見威廉那模樣，所給的評語是：「打算用珂朵莉當藉口了斷自己。」而這句話，恐怕正確無比地點出了他當時的心態。

威廉想一邊殺敵，一邊尋死。

他想緊握著保護少女們的決心，放棄那以外的一切。

為了那自私的心願，他利用了戰場。他踐踏自己原本想等待少女們回去的決心。

威廉盡力了。他甚至做了理應辦不到的事。

他久違地使出渾身解數催發魔力。他的耳畔聽見自己血液變濁，肌肉燒燬的聲音。反正自己的身子只要作戰就會死，拿捏力道也沒有意義。而且，既然以後再也無法戰鬥，就算疼痛與苦楚也都不要緊。他使出全力，痛快到不能再痛快地大鬧了一番。

然後，威廉的心願理應實現了。

在護翼軍擔任二等咒器技官，身為妖精倉庫負責人的威廉．克梅修，理應已經在激烈戰鬥中喪命了才是。

†

鳥兒啾啾啼叫著。神清氣爽的早晨。

「呼啊啊～……唔。」

威廉坐在養育院的屋頂，忍住呵欠。

接著，他用微微泛淚的眼睛朝四周望了一圈。

熟悉的街景，保持著整片熟悉的模樣，

遠方可見的綠色，是亞當家的集合農場；跟前那棟矮房則是禮拜堂；而五顏六色地散布在周圍的磚造屋頂，每一棟都是廉價公寓；在邊邊隨風飄揚的紅色旗幟是冒險者公會(Adventurers Guild)的證明；再過去，在灌溉溝渠的另一邊，整片都是寇馬各的中央市區。

有幾根煙囪冒著煙。

居住於這個世界的人們正在準備早餐。

是的。人們活著。為了活過今天這一天，他們開始了活動。

當然，他們不可能是真正的居民。

大地老早就與以往曾在那上頭繁榮的人族(Emnetwiht)一同滅亡了。

據史書記載，那是超過五百年以前的事。在當時人類們的帝國中央，也就是王城一帶，出現了名為〈獸〉的侵略者。

它們強大非凡，數量又多，而且迅速。它們以史上任何軍隊都辦不到的速度逐步侵蝕世界。在短短幾天內，構成帝國的主要都市國家就消失了好幾個。

被消滅的不只是人類。它們毫無區別地將位於大地的一切逐步吞沒。無論是草木、動物、昆蟲、古靈族（Elf）還有彼此敵對的各個種族。彷彿萬物存在於那裡就有罪，它們一律將其逐步吞沒了。

真正的大地，如今已經是只有灰色風沙肆虐的凋敝荒野。

生存下來的些許人們則順從偉大的大賢者引導，逃到了飄在天空的懸浮群島。然後，他們便在那塊土地上建立了細水流長的文明。但是毫無倖存者的種族，自然就連通往天空之道都沒有為其打開。

「混帳。」

為了不讓別人聽見，威廉在口中低聲咒罵。

人類已經滅亡。我的故鄉已經不存在於任何地方。他一次又一次地這樣告訴自己。說起來，這幕光景就像日記簿。遙遠過去的回憶被喚醒，才勾起了他懷念的心思而已。

自己該回去的地方並非這裡。而是在那遙遠的天空上。

『好寬廣。』

短短一句。

威廉聽見坐在旁邊的奈芙蓮用懸浮大陸群的公用語嘀咕。

『這裡是幾號島呢？』

『為什麼要問我？』

『因為你好像知道這裡是哪裡。』

她說了讓威廉要肯定或否定都微妙地困難的話。

『……這裡是帝國領內的寇馬各市，在我們腳底下的則是佛利拿紀念養育院。理當是那位偉大的第十八代正規勇者(Legal Brave)尼爾斯・D・佛利拿創設且親自經營的寶貴養育院。』

鮮少露出表情的奈芙蓮臉上有了納悶之色。

『由勇者經營？我沒聽過這種事……冠了帝國之名，表示這裡是六號懸浮島？』

『懸浮大陸群才沒有勇者吧。這裡是地表啦，地表。』

奈芙蓮的臉色變得越來越不解了。感覺有點逗趣。

『地表上應該也一樣沒有勇者了吧。』

『問題就在那裡。大地在五百年前就滅亡了。』威廉一邊回答，一邊環顧四周又說：

『不過，這肯定是位於我記憶中的故鄉光景。』

奈芙蓮的視線跟隨在後。

『……這裡，是過去的地表。』

『對。』

『地表的底下，就沒有其他土地了？』

『那當然。』

這是個不合邏輯的問題，不過威廉明白奈芙蓮想表達的意思。

奈芙蓮是在懸浮大陸群出生長大的現代兒童。所以，她當然認為這片景色只會在幅員有限的懸浮島上出現，這是灌輸於她腦中的常識。稍走一會兒就會碰到島塊邊際（Rim），探頭往下看則有整片灰色的大地。如此的認知深植在她體內。

縱使奈芙蓮理解「無邊無際的肥沃大地」這樣的知識，想像力應該也無法追上。

『那座山似乎在好遠的地方。』

奈芙蓮指向遙遠彼方。

『啊～對啦。從這裡到那邊，距離差不多等於六十八號島的寬幅。』

『再過去還有地面嗎？』

『有。搭馬車大約兩天車程的地方，有座滿大的城市。再過去的話——』威廉在腦海裡攤開帝國的地圖說：『好一陣子看見的都會是穀倉地帶，越過河川以後有片大森林，還有山脈……從那一帶算起，就是和古靈族的交戰區。』

『……我感覺有點不舒服了。』

『嗯，我懂我懂。動腦子想像超乎常識的龐大東西，就會有那種感覺。』

『可是，大地滅亡了。』

『沒有錯。』

『那麼，這些景象是怎麼變出來的？』

『這個嘛，我想大概是……』

威廉一邊回答，一邊確認自己的胸口。可以看見穿了繩掛在脖子上的金屬片正發出微微的魔力光芒。

這是蘊藏言語理解之力的護符（Talisman）。靠配戴者的些許魔力來運作，並居中發揮言傳意會之效的玩意兒。

方便歸方便，但這東西也有缺點。

語言互通未必永遠能帶來好的結果。比如謊話或痛罵，就是在意思表達出去以後才會構成其意義的「攻擊」，能理解所有語言，等於將直接承受那一切的「攻擊」。在啟用這塊護符的期間，外界傳來的訊息都得照單全收，因此對心靈干涉型的攻擊抗性會極端低落。由於在懸浮大陸群的生活中並沒有造成問題，威廉就將這點忘得一乾二淨了。

而護符目前正無視於威廉的意志在運作。這代表著什麼？

『……大概是場夢吧。』

奈芙蓮用冷冷的目光看向威廉。

『呃，慢著，我不是那個意思。當然不是指單純的夢，我猜我們是受到了類似夢境性質的異稟(Talent)攻擊。』

以往身為準勇者(Quasi Brave)的威廉行走於大陸活躍時，曾和那類惡魔交手過。

所謂惡魔，就是指專門誘使高潔之人墮落的精神體種族。它們會用盡手段誘惑人類，使其拋開自制心或信念。當中有一項手段，就是這種運用夢境的心靈攻擊。

『映射目標的記憶，再量身打造出**對中招者來說**與現實相像無比的夢幻世界。這樣做的目的只有一個，就是讓目標完全成為那個世界的居民。妳要小心喔，假如完全失去想從這裡脫逃的意念，在那個瞬間對方就贏了。』

『那麼，這場夢之所以跟從前的大地一模一樣……』

『對方大概想靠這片景象來讓我沉淪吧。』

實際上，那對威廉而言是有效的攻擊。光像現在這樣，他的心就快要因為懷念與思慕之情而溶化了……不過，只要心裡如此自覺就可以抵抗。他有辦法定心不輸給誘惑。

『夢裡的世界……』

奈芙蓮嘀咕以後，戰戰兢兢地擰自己臉頰。

軟嫩的臉頰肉活活地被拉長。

『好痛。這真的是夢？』

她的眼角泛上一絲淚水。

『這個夢的賣點就是不會醒，所以沒那麼容易露出馬腳。』

『那我們要是在這裡什麼都不做，會有什麼後果？』

『對方的目的在於讓我們完全成為這個世界的居民。為了得逞，就會動手對世界搞鬼。』

『對世界……搞鬼。』

『畢竟對方是世界的造物主。除了直接對我們出手，有記憶當材料就能為所欲為。過去倒是有名為惡魔族的一支種族專門用這套誘惑人。它們也有許多花招。屍魔（Aeshma）會讓登場人物死個不停，爭魔（Bufas）會來索命，富魔（Mammon）會讓人得到大量金錢或寶石。有一次我還對付過名叫色魔（Succubus）的傢伙……』

色魔主要是透過強行實現性方面的慾望來讓人類沉淪。因此當時威廉陷入的夢境，就充滿了那方面的誘惑。

該怎麼說呢，這實在不方便對女孩子詳細解釋。

（後來有段時間，我都沒辦法好好正視黎拉或艾米莎的臉……）

『哎，不提那些了。』

『色魔會讓人作什麼樣的夢？』

奈芙蓮偏頭。拜託，別對這個感興趣。

『我說過，不提那些了。』

威廉硬是改變話題。

『雖然不曉得敵人的真實身分，但對方的目標十之八九就是我。』

身邊的奈芙蓮……難以想像是夢中的冒牌貨。因為舞台設定於過去的大地，有她在太不搭調了。她十之八九是和威廉一同遭殃的本尊。

『簡單說呢，只要我遲遲不肯放棄逃脫的意志，對方就會主動對這個世界添增變化來逼我屈服。到時候就有機可趁。我們要揪出敵人的真面目，然後展開反擊。』

『有必要反擊嗎？』

『當然有吧。這樣下去再過多久也無法從這裡逃脫。』

『有必要逃脫嗎？』

…………………………

『要是離開這裡，我和你，肯定立刻就會死。』

大概正如奈芙蓮所說。

原本在現實中瀕臨死亡的他們被敵人擄獲心智，如今才會待在這個世界。換句話說，兩人在現實中的肉身非常有可能早就成了屍體。

或者，也許在夢境中渡過的時間，連現實中的短短一瞬都不到。若是那樣，從這裡逃脫就有可能回到尚未喪命的肉身。然而在那種情況下，不難想像他們恐怕過不了幾秒又會面臨同樣的下場。

『我們哪裡也回不去。』

『……問題不在那裡吧？』

像是在說給自己聽的威廉提出反駁。

『妳別胡思亂想。如果失去逃脫意願，就會永遠成為這個夢的居民。就算敵人的目標只有我一個，也不代表妳能夠安全。』

『……嗯。』

奈芙蓮點頭，然後沉默下來。

她怎麼了？威廉心想。

原本她就是個脫離俗世，言行不可思議而醒目的少女——然而，威廉目前從這個女孩身上感受到的異樣感和平時有些不同。發呆的表情一如往常，可是潛藏在底下的情緒卻隱約可見。

目前，奈芙蓮有某種迷惘。

欸～爸爸～！

有人從底下用帝國語叫威廉。

光聽見那聲音，威廉就會冒出胸口被勒緊似的錯覺。

威廉探頭往下面看，來到玄關外的愛爾梅莉亞……具有愛爾梅莉亞外型的某種物體正仰望著他們這邊，並且用力揮手。

他的心坎痛得像遭到翻攪。

愛爾梅莉亞。那道身影。那陣嗓音。失去這些時，威廉不知哀嘆了多久；為了對這些死心，他不知痛苦了多久。即使沒辦法完全拋開，光是能緩和那種痛，對他來說就是莫大的救贖。如今，像是要否定威廉兩年來的那些憂惱，她的身影就在這裡。威廉聽得見她的聲音。

你怎麼會待在那裡～！早餐做好了耶～！

『她在說什麼呢？』

奈芙蓮只聽得懂懸浮大陸群的公用語。

『她說要吃早餐了。總之，之後的事情等吃過飯以後再想吧。』

『……嗯。』

奈芙蓮點頭。

『別擔心，愛爾做的飯很好吃喔。和妮戈蘭的手藝比，也不會遜色到哪去……』

威廉說到這裡，才低聲補充：『除了肉類菜色以外。』食人鬼對食用肉的理解及執著可謂超越人智。就算是愛爾梅莉亞也比不過對方。應該說，威廉不希望她贏。

『我並不是介意那個。』

『嗯，要不然妳在介意什麼？』

威廉隨口問了問，奈芙蓮卻不回答。她默默催發魔力，讓背後生出閃耀著灰白光芒的幻翼，然後直接飛下屋頂。

妖精的翅膀不具實體，雖然這稱不上原因，但物理法則並不被她們放在眼裡。奈芙蓮絲毫沒有鼓翅就飛了起來，降落在大地以後，便讓翅膀消失。

唔哇——愛爾梅莉亞的尖叫聲傳來。這也難怪。既非勇者也非冒險者，更不是騎士的一般民眾，對於女孩從天而降的畫面應該看不習慣才對。

真受不了。

威廉一邊搔起後腦杓，一邊也小試身手地催發魔力。

現場留下了宛如小規模爆炸的炸裂聲響，威廉縱身躍起。劇增的腿力輕易地超越常人肉體所能容忍的極限，令他的身體騰空。

威廉在空中稍微調整姿勢，然後著地於奈芙蓮身旁。鞋印深陷於地面。塵土飛揚。

『威廉……！』

『我沒事。』

威廉制止一臉擔心的奈芙蓮，並確認自己身體的狀況。沒什麼部位會痛。

他在原地試著輕輕跳了幾次。催發的魔力發揮出原有功能，確實地活化了威廉．克梅修的全身上下。

原來如此。看來他們在現實具備的能力都保持原樣帶到了這個夢境，只有肉體上的傷害被移除。而且，既然身上沒有傷勢，威廉就能毫無窒礙地動用自己以往身為準勇者所培育的力量，還有原本他已經死心地認為無法再用上的一切戰技。

『對了，關於你剛才提到的。』

『啊？』

『假如是名叫色魔的那種惡魔，又會讓人作什麼樣的夢？』

『……把那忘了吧。』

†

寇馬各市的郊外有棟建築。

其正式名稱為帝國寇馬各市佛利拿紀念養育院。是由那位偉大的第十八代正規勇者尼爾斯・D・佛利拿自費創設的寶貴養育院……單看名稱和來歷固然有派頭，但其餘部分就毫無派頭了。

一言以蔽之就是破舊。若有二言則是非常破舊。

那是棟上了年紀的木造建築。有兩層樓還算小具規模。八成是經由外行人反覆修補的牆壁和屋頂到處看得出痕跡。它改裝自原本預定要拆除的幼年學校，因此歷史可不輸尋常的石砌建築。彷彿颳一陣大颱風就能將其連根吹走，說不出的脆弱。

過去，那是間私人經營的養育院。

住在那裡的孩子們，**目前**有二十一個。他們早就看透了不中用的大人，都勇敢而聒噪地活在當下。

威廉・克梅修是這間養育院的居民。

話雖如此，他最近五年幾乎都沒有回來。為了成為勇者而修行，還有當上準勇者之後的使命，讓他遲遲沒有空回來。但即使如此，當事人至今仍認為自己是養育院的居民。

來養育院不久的孩子們見到年長的陌生男人，大多會明顯表露出恐懼。不過，當威廉對孩子們露齒一笑，他們立刻就會放下戒心。毫無威嚴的長相只有在這種時候格外派得上用場。

至於另一群早就認識威廉且年紀較長的孩子（多以十歲左右的孩子為主），反應就更好懂了。

「什麼嘛，原來爸爸回來了啊！」

「喂～教我使劍啦～之前你說過下次回來就教我的吧～」

「這次你是去哪裡作戰，你砍了一堆古靈族嗎？」

他們圍上來七嘴八舌地巴著威廉。

「嗨，你們都過得好嗎！」

威廉不分男女地將孩子們一個一個抱緊，互蹭臉頰，還使勁亂撥他們的頭髮。

孩子們吱吱喳喳地開心喧鬧。

「好了好了，爸爸還有大家都一樣，別在用餐時吵吵鬧鬧的。這樣沒有規矩吧？」

被愛爾梅莉亞責備，他們乖乖坐回座位用餐。

有苦味的沙拉配酸甜醬料。將近遺忘的滋味搭配讓威廉胃裡隱隱作痛。

自己想守護的事物。

想回到的歸宿。

想再見一面的人。

想再聽一次的聲音。

明明沒多大天分，卻依然不停揮劍的理由。

威廉無意說自己想要的全都在這裡。可是自己以往一度失去，還為此所苦，為此痛哭而放棄的眾多事物，肯定都在這裡。如今它們化為孩子們的成群身影出現在他眼前。

然而，即使如此，它們依舊不是真貨。對此心生動搖，到頭來，只會背叛真正的愛爾梅莉亞他們……背叛在五百二十七年前死去的那些孩子罷了。

光是像這樣講話，威廉又快要哭了。他想抱緊孩子們。

他忽然想到。萬一自己不再壓抑這種衝動，狀況會變得如何？突然被緊擁入懷的這個女孩會做出什麼反應？

——停下來停下來！喂喂喂，他們正在看喔，小朋友們都在看喔！

一開始，她大概會像這樣排斥。但不會抵抗。而且她遲早……

——真是的。爸爸好羞羞臉喔。

——只有塊頭長得大，內在還是個小孩。

她遲早會像這樣接納他的。

她會帶著傻眼似的表情，卻又語氣溫柔地回抱他。

威廉可以輕鬆料到。能料到這些，令他感到難過。

「爸爸。」

「怎樣？」

「你的表情變來變去，滿噁心的耶。」

喂，太狠了吧。那樣說真的有點傷人喔。

「爸爸每次都回來得好突然呢，對不對？」

愛爾梅莉亞語氣狀似不太高興地說了帶有怪罪味道的話。

「而且爺爺也是那樣子，雖然可以了解當勇者大概就是那樣的工作，卻還是會覺得事情應該有個限度，對不對？」

嘀嘀咕咕的口吻好似在發牢騷，然而她一臉開朗，腳步也輕快。

威廉也很清楚，她在各方面都是個不太坦率的女孩。因此，他不會直接將那些疑似不滿的語句乖乖聽進去。

威廉一邊重新在椅子上坐穩，一邊又瞟向愛爾梅莉亞。

感覺她好像比印象中嬌小了些——不對，肯定小了一圈。威廉思考為何會如此。答案立刻就想出來了。威廉忍住笑意。

由於在現實隔了長達五百年以上這樣超乎常軌的時間，威廉．克梅修差點忘了自己最後見到愛爾梅莉亞的那個夜晚，是他在十六歲那年的事。而且，後來威廉在懸浮大陸群度過了近兩年的時間。其間他甚至有長高。

在五百二十七年之間，威廉有了兩年份的改變。肉體從十六歲成長為十八歲。然而，這個愛爾梅莉亞完全沒變。那樣的差距，如今成了異樣感攤在眼前。

而且，明明威廉如此確切地知道她是冒牌貨。

「……欸。我今天有哪裡不對勁嗎？」

「嗯。」

「是哪個地方？」

「比如你會這樣問的部分。」

原來如此。沒有反駁的餘地。

「另外呢，你的表情就像法爾可說『我作了惡夢～』還快要哭出來的時候那樣，還有你明明待在家裡卻亂不自在的樣子，我想就這樣吧？」

……是嗎。就這樣而已嗎？

威廉的思緒稍微冷卻了。

方才在威廉眼裡，曾覺得愛爾梅莉亞看起來嬌小。反過來說，在愛爾梅莉亞眼裡，現在的他理應成長了許多。假如是真正的愛爾梅莉亞，肯定會察覺那一點，也會將其點破才對。

換言之，既然這個少女沒有那種反應，那她肯定是假貨。

「欸，爸爸，我問你喔。」有個女孩輕輕地拉威廉袖子問：「那個女生是誰？」

奈芙蓮聽不懂人類的語言。即使如此，有視線朝向自己仍會有所反應。她輕輕地抬起目光，微微地偏頭問：『怎麼了？』

「爸爸，記得你這次是到北方作戰對不對，她來自那裡的國家嗎？」

「唔，這個……」

威廉想了想卻編不出什麼漂亮的說詞，因此就隨口先回一句：「哎，差不多。」

『怎麼了嗎？』

『被問到妳的來歷了。總不能老實回答，我打算藉詞混過去。』

『……我明白了。』

奈芙蓮點頭，然後又稀哩呼嚕吃起來。

「她頭髮好漂亮耶。感覺和銀髮也不太一樣。」

「哎……對啊。」

在髮色大多較奇特的妖精們之中，奈芙蓮的頭髮色澤算是相對低調。因此，就算會讓孩子們產生些許異樣感，似乎倒還不至於讓「她並非人類」這一點露餡。

「所以呢，結果她是怎麼樣的女孩子？」

愛爾梅莉亞一邊將續碗的沙拉端來一邊問。

「你突然帶她到這裡來，起初我還想會不會是留在我們家照顧比較妥當的孩子……不過，她剛才是不是在空中飛？」

「啊～……」

這間養育院是在寇馬各市的資助下經營，不過聚集於此的孩子倒不僅限寇馬各市民。院長身為威廉的師父，亦為這裡所有孩子的「爺爺」，就曾經到處從戰場撿孤兒回來，聚集的人數也相當可觀。

「不是那樣啦。哎，這傢伙是我的後進。」

「後進。」

愛爾梅莉亞納悶似的重複那個詞。

「什麼後進？」

「那還用說，只有一種解釋吧。準勇者。」

「勇者！」

「她明明比我還嬌小耶！」

「真的嗎！」

男生們如野獸般的視線同時聚集到奈芙蓮身上。

嚇著的奈芙蓮不禁後退。

畢竟她是在只有女性的妖精倉庫長大的。近身相處過的男性頂多只有軍方的爬蟲族才對。受到種族相近的男生矚目應當是頭一次體驗。

「欸，我們來比賽吧！看誰厲害！」

「啊，你好賊喔！我先啦，我先跟她比！」

兩條手臂都被抓住的奈芙蓮，硬是被男生們拖到了走廊另一端。

『我不太清楚情況，卻覺得有好多可蓉在這裡。』

用大陸群公用語發出的那句咕噥一下子就遠得聽不見了。比喻得實在很妙，威廉有點佩服。

「喂，飯吃完至少要有點表示啊！」

愛爾梅莉亞朝走廊裡發出斥責之語。有幾個男生活潑地回答：「吃飽了！」

「真是的，好沒規矩。」

愛爾梅莉亞鼓起腮幫子鬧脾氣。

「她明明長得那麼嬌小……爸爸，所以她也揮得動你之前秀過的那種大劍嘍？」

「別看她那副模樣，至少身為勇者的資質遠在我之上。」

威廉說到這裡，又補上突然想到的一點。

「……啊，愛爾。還有她看來小歸小，年紀應該和妳差不了多少。」

「唔哇，那也嚇到我了。我還以為她跟娜奈狄差不多大。」

在桌子的一角，剛滿十歲的娜奈狄頻頻點頭。

這也難怪。畢竟奈芙蓮個子小。不過剛才那段對話還是別告訴她本人好了，威廉如此在內心決定。

——……爸……爸……——

「……嗯？」

忽然間，威廉覺得好像有聲音從哪裡傳來。

「剛才有沒有人講了什麼？」

「咦？我說啦，那個女生看起來和娜奈狄差不多大。」

「呃，不是那一句，我問的是在那之後。該怎麼說呢，感覺有陣遠遠的聲音……」

「我本來也覺得她跟我差不多大！」

活力十足地舉手答有的娜奈狄這麼說。威廉認為那應該也和他剛才聽見的聲音不同。

……唉，算了。

……大概是錯覺吧。

（糟糕，精神居然開始鬆懈了。）

威廉無法照本身的想法維持緊繃感。這場夢比他想像的更棘手。他告訴自己，這裡是神祕敵人的肚子裡頭，藉此自我收心。

3. 回來的準勇者

之後，一下子就過了三天。

在這段期間並未出現稱得上異相的變化。至少，養育院突然遭到血洗，或者孩子們開始異口同聲地咒罵威廉之類的明快劇碼，目前連個徵兆都沒有。

愛爾梅莉亞精神奕奕地和平常一樣在家裡到處跑。

「我回來了～」

你回來啦～哎喲，弄得全身泥巴。毛巾毛巾。

「姊姊～我要尿尿～」

好好好，等一下喔，我現在就過去。

「肚子餓了～我要吃點心～」

才剛吃過午餐吧，再等一陣子。

跑東跑西跑上跑下。忙來忙去地一直跑一直跑一直跑。

叮鐵釘的威廉坐在院子前，茫茫然地望著她那樣的背影。

「哎……有精神是好事。」

他嘀咕，然後揮下鐵鎚。「叩」的聲音有氣無力地響起。

「你在做什麼？」

被搭話的威廉抬頭，就發現奈芙蓮站在旁邊。

「像妳看到的一樣。我在修理壞掉的圍欄。」

「騙人。你看著愛爾梅莉亞，還笑吟吟的。」

「我是用關愛的目光在看她啦。」

「嗯～」

不知道奈芙蓮是否相信，她帶著難以辨別的微妙臉色在威廉背後坐下來。直接靠到威廉背上，翻開了疑似從養育院某個地方借來的書。

「喂。這樣我沒辦法工作。」

「別動。」

奈芙蓮斷然吩咐。

要做什麼啦？威廉如此心想，並放下拿鐵鎚的手。

「……這裡的語言，妳學得滿溜了嘛。」

「地表所用的文字，我和菈恩一起學習過。因為文法和單字都會一些，剩下的就是多聽還有多講。」

「一般而言，要學到那樣不容易就是了。」

威廉回想起自己學會大陸群公用語所費的工夫，然後苦笑。

基本上，姑且不論「聽」的部分，他倒是懷疑奈芙蓮這樣有沒有實踐到「多講」。

『至少和我講話時，妳還是可以說公用語喔？』

「不行。」

奈芙蓮說到做到，雖然威廉試著以公用語提議，卻被她一口回絕了。

「學習新語言的訣竅，就是盡可能只用那種語言。把用慣的語言當成退路，學到的東西立刻就會忘掉。」

「妳好認真。」

呼——威廉嘆了一聲。

「如果能把這塊『言語理解』的護符借給妳就省事多了。這東西不知道為什麼沒辦法從我脖子上解開。」

「即使解開了，我也不需要。方便是阻礙成長的大敵。」

「太認真了吧。」

威廉眼前有修到一半的圍欄。右手是鐵鎚，左手則拿著鐵釘。背後有奈芙蓮的暖意。

他在無心間仰頭向天，茫然地回答：

「用不著給自己那麼多壓力吧？反正，離開這個世界以後，妳再也不會用到這種語言。」

「離開這個世界以前，還是會用到吧？」

奈芙蓮一邊翻頁，一邊又說：

「你說過，現在要等。等到敵人心急，進而開始改動世界為止。既然如此，我用這種語言的時間，應該多得是。」

威廉確實說過。話雖如此，當時他並沒有想到待命的時間會這麼長就是了。原本他以為頂多只要等半天左右。

「再說，我也有好奇的事情，許許多多。」

「……好奇的事？」

雖然文法有點怪，不過聽得懂想表達的意思。威廉回過頭……和他背靠背的奈芙蓮就差點跌倒了，他只好擺回原本的姿勢問。

因此，他看不見奈芙蓮的表情。

「假如這是你作的夢，應該不會出現你不曉得的事情。」

「哎，是那樣沒錯。」

翻頁的聲音響起。

「西高……高曼……高曼德沙流聯邦？……加盟於聯邦的二十氏族中，在帝國曆……一〇三〇年時，皇室人員還存活的氏族有幾個，你曉得嗎？」

「咦……啥氏族，妳在說什麼？」

由於問題來得突然，威廉有些混亂。

西高曼德沙流聯邦本身他當然曉得。高曼德地方有整片廣闊的乾燥地帶，其西半部幾乎全為廣大的沙原所據，沙流聯邦就是指該處居民的代表會議。他們有獨特而發達的咒術體系，尤其在認知改竄型詛咒這方面，造詣更是深到集合帝國所有咒術門派也不能及。

不過反過來說，威廉所知的內容就只有如此。對於其歷史還有國政形式，他完全沒有學過的印象。

「假如我沒有讀錯，這本書裡就有寫到。」

「……真的假的？」

如威廉先前說明過的，透過異稟創造的夢境，會映射出中招者的記憶來建構成形。那也代表該名人物所不知道的事，就絕對不會在夢境裡出現。

「當然，我也完全不曉得這個叫西高曼德的區域，是什麼樣的地方。換句話說，這本書裡寫了我跟你都不知道的事情。」

『真的假的……欸，很痛耶！』

威廉忍不住用大陸群公用語嘀咕，屁股就被捏了一把。很痛。

「禁說公用語。」

「知道了啦。總之，呃……所以說，這代表什麼意思？」

「創造這個世界的敵人，對書本做了改動？」

會有那種事嗎？

可是威廉完全不懂敵人那樣做的用意是什麼。難道讀書獲得不曉得的知識，能對他們的心靈造成什麼攻擊嗎？不對，基本上，假如奈芙蓮沒有開始讀書就不會察覺有異，改動那種部分有意義嗎？

「……我想現在不必放在心上吧。」

再繼續思考，似乎也不會想通什麼。威廉如此下結論。

「那樣好嗎？」

「情報少的時候，別隨便解謎會比較好。假設及成見越多，之後就越難發現答案。在找到更淺顯的提示以前，我們先不要深究。」

「是嗎。」

在這之後，奈芙蓮就什麼也沒說，開始專心讀書了。

「……妳待在那裡，我沒辦法繼續工作耶。」

威廉咕噥的抗議聲音乾脆地被忽略了。

†

帝國領內，有許多以美景而為人所知的名勝。

比方說，帝都第一城區的雪花大道。

比方說，尼凱提斯紀念大聖堂。

比方說，菲許提勒斯熱湖。

雖然已經毀於帝國和異族間的戰火，但黑曜塔以及雙子墳等處在過去也被算在帝國領內的美景當中。詩人們皆稱讚帝國是「大陸的美術庫」，並藉此從滿腔愛國情懷的臣民們討取賞錢。

話雖如此，這不代表帝國任何角落都充滿了洗鍊的美感。就算都市再先進，鄉下地方都還是充滿鄉下味。

而寇馬各市，就是那樣的地方。

它和連結帝國南北的貿易幹道都稍有距離，既沒有知名的建築物，更沒有值得一提的知名特產。因此觀光客和新進商人都不會靠近。離國境又遠得很，所以也不用害怕戰火。

在這裡每天碰到的幾乎盡是相同面孔，談的盡是類似話題，過著大同小異的每一天。

突然下雨了。

威廉和奈芙蓮連忙跑進附近的咖啡廳。

「唔啊……這場雨還真大。」

朝窗外一瞧，雨勢有些猛烈。

濛濛雨霧下看不見遠方，然而光是在有限的視野中，就能看見好幾道忙亂奔跑的人影。雖然勢頭並不強，但還有風橫向吹來，打傘似乎起不了多少作用。

「這樣看來，只好在雨停以前打發時間了……啊，可以點餐嗎？」

威廉瀏覽過黏土板上的菜單以後就叫住店員。

「我要點咖啡，呃，順便來一盤炸馬鈴薯。至於她……」

他看向奈芙蓮問：

『柳橙汁可以嗎？』

「我也要咖啡，還有，我想點這個附三種果醬的司康餅。」

以公用語問的問題被忽略得一乾二淨。

「禁止寵我。」

「對喔。」

威廉聳肩。唉，這次沒被捏屁股就好。

「……講起來理所當然，不過，這裡同樣只有無徵種。」

「妖精倉庫也一樣吧？」

「有大群成人或男性在的場合，我不太有機會看見。」

原來如此。無徵種在體格方面普遍較為遜色，據說入伍護翼軍的人並不多。奈芙蓮平時只會見到六十八號島的居民和軍人，在她看來，這裡應該有點像聚集了珍奇異獸的動物園。

「所以呢，收穫如何，找到有趣的書沒有？」

「還沒開始讀也不曉得。我沒區分種類，有什麼就挑什麼，所以並沒有多期待。」

這麼說的奈芙蓮胸前捧著裝了幾本書的紙袋。那是方才她在下雨前夕，從附近書店物色到的。

有別於必須一本一本用手抄的從前，現在大型活版印刷機普及了，書籍變得好入手許多。何況他們倆目前所在的這條街，就位在寇馬各市唯一一所大學的後頭。由於有眾多學生來來往往，從體面的店鋪乃至於街上攤販，各式各樣的書店都林立在此。經手的書籍自然也五花八門。

或許是心理作用，威廉覺得奈芙蓮的眼睛正閃閃發亮。明明她對帝國公用語應該還不熟，但光是能讀到陌生的書，似乎就讓她相當開心。

他們倆上街買東西，目的是為了探究這個世界的不自然之處。換句話說，就是打算藉由閱讀並且比較記載著陌生知識的書，來解讀這個世界的創造者有何意圖。

不過，就算那樣做未能有所斬獲，光是奈芙蓮似乎很開心，這趟購物行程就值得了。怕心思露餡的威廉一邊含蓄地苦笑，一邊如此想著。

然後——威廉試著瞥向四周。

從下雨前座位就已經坐得半滿了，雨勢使那些客人遲遲不想離席。由於這層緣故，咖啡廳裡挺熱鬧。說來理所當然，那些人大多是大學生。在那樣的環境下，似乎沒多少學養的威廉以及要立志向學年紀還太小的奈芙蓮，感覺便有些顯眼。

——換成珂朵莉在場，不知道會對這種情況說些什麼？

威廉大概猜得到。珂朵莉八成會垂下目光，忸忸怩怩害羞似的問：「我們看起來像情侶在約會嗎？」對她回答：「頂多像一塊來的兄妹吧。」她就會看似開心地發脾氣反駁：「早說過別把我當小朋友了。」

可以想像到的互動要多少有多少。

而那樣的想像，會勒緊威廉的心。

「威廉？」

「沒事啦。」

大概是威廉直接將苦澀情緒顯露在臉上的關係。奈芙蓮帶著一如往常的表情表示關心，就被他轉開目光敷衍過去。

「你察覺哪裡有異了嗎？」

「嗯？……啊，妳問那個喔。」

這世界是夢。這裡只是仿照某個人的記憶，再任憑造物主加以改裝而成的沙盒。問題在夢境後頭。

「難以釐清呢。說起來，這個世界到底是以誰的記憶為基底？」

這裡有著威廉熟悉的光景。所以，起初他認為這是自己的夢。然而要是那樣，這個世界就無法含括威廉不知道的事情。

他試著環顧冬天的寇馬各。

石版道上的苔蘚濃淡分明。磚砌的牆面布有細微裂痕。灰泥上畫著塗鴉。

「——那個不明人物似乎比我對寇馬各了解得更詳細，也比我讀過更多書，對養育院的熟悉程度更與我相近。想都想不透是誰。」

「嗯。」

「基本上，當時的地表就只有我和妳，怎麼可能會有別人成為心靈攻擊的受害者。光看現狀完全搞不懂是怎麼一回事。」

「是嗎。」

奈芙蓮應聲時聽起來沒有特別遺憾。

「『是嗎』……欸，妳從剛才反應就滿淡的耶！」

「因為我不是那麼有興趣。」

這能用興趣來評斷嗎？要是不解決問題，根本無法回到現實世界。

「待在這個世界，感覺還不錯。要我多留一會兒也可以。」

「這裡是虛假的世界，只有虛假的人。毫無真實成分。待得越久只會越空虛喔。」

「**威廉，你要對我說那樣的話嗎？**」

威廉無言以對。

黃金妖精（Leprechaun）是虛假的生命。她們冒稱人族來欺騙聖劍。當中毫無真實成分可言。

儘管毫無真實成分——但她們確實存在著。

沒錯。威廉．克梅修二等技官這個男人就是拋不開那一點，他想珍惜她們，才決定不再當個空有頭銜的負責人。既然如此。

「愛爾梅莉亞他們就在這裡。我也在這裡。」

夢裡的登場人物，大概都是虛假的生命。

他們冒稱真實人物來欺騙受困於夢境的人，只能算架空的存在。

和倉庫的妖精們並無不同。

「外面的世界，還有這個世界。威廉，你可以選你喜歡的那一邊。」

「……真受不了。」

為了不讓奈芙蓮本人聽見，威廉低聲咕噥：

「雖然妳什麼事都依我，卻毫不留情呢。」

雨遲遲不停。

點的咖啡送來以後，奈芙蓮立刻就從戰利品裡挑了一本書出來，開始埋首閱讀。缺乏適當法子打發時間的威廉目光仍飄在窗外，茫茫然地沉浸於雨聲之中。

過去，他並不擅長排遣無聊。

應該說，威廉無法忍受浪費時間。

畢竟他曾經有目標。還是個遠大過頭，靠正常努力到底無法達成的目標。因此，他付出了不正常的努力。只要一有空閒時間，他全用來提昇自我。

到最後，那種不正常的努力換來了似有若無的微妙成果。威廉習得了無數劍技，修練了無數體術，還學到了許多與戰場息息相關的技術，變得十分高強。本領夠廣，就能在戰場交出穩定的表現。其英勇程度曾被同伴中的幾個人評為：「他人所能者概能為之。」實際上，威廉也覺得自己應該已經接近他們形容的境界了。

然而，即使如此。

威廉的目標是成為正規勇者。

換句話說，就是要能「為人所不能為」。即使威廉無窮接近於人類所能企及的頂點，還是搆不到不遠遠超越人類就無法抵達的境界。

修行與進修，全都沒有意義。

至少，他再怎麼累積那些，也絕對不可能達成目的。

當時的威廉知道那一點，接受那一點以後，還是無法停止鍛鍊自我。理由就連他自己也不太清楚。或許，那只是出於不想讓過去白費的消極理由。

威廉倒不是沒有惋惜的想法。假如他早早割捨實現不了的夢想，像個普通青少年一樣地運用空閒時間，或許人生在各方面都會變得圓融些。

就連跟女孩子相處的技巧，或許也會像樣一點。

……或許，他就可以讓願意青睞自己這種人的女孩子實實在在地獲得幸福了。

「威廉先生！」

忽然間，有男人出聲叫威廉名字，將他的思緒打斷了。

回頭看去，有個銀髮青年正對他露出開朗的笑容。對方看似剛從大雨中跑進咖啡店裡，全身濕漉漉。

「果然是威廉先生。好久不見！你什麼時候回來寇馬各的？」

原本正開始讀戰利品的奈芙蓮微微抬起目光，彷彿在問：「是你認識的人？」威廉簡單回答：「對。」至少，他認識對方這點不會錯。

「……我前幾天回來的。」

「咦？你帶來的這個女孩子不太眼熟耶。她是養育院的新成員嗎？」

「哎，差不多。」

那個青年湊到威廉他們這桌，問都不問就坐了下來。他朝著繼續讀書的奈芙蓮笑道：

「請多指教。我叫席歐泰．布里克洛德，和威廉是老朋友。熟人都叫我泰德，希望妳也這樣記我的名字。」

奈芙蓮無意將目光從書頁上挪開。她完全忽視對方。

泰德的額頭上似乎微微冒出了汗珠。

「你看起來氣色不錯嘛，泰德。」

「啊，對呀，託你的福！我的等級也提昇了不少喔！」

「等級……」

威廉稍作思索。

「……啊，我懂了。你成為冒險者啦！」

何謂冒險者？

照原本的意思來講，這個詞是指把置身於危險當買賣的人們。

危險與冒險是類義詞，靠冒險為生就等於靠危險為生。他們投身和自生怪物(Monstrous)作戰，親赴地下迷宮(Maze)調查，更會賭命除龍。

正因為常人對於種種的危險實在無能為力，他們才能從危險中追求巨額的收穫，奮不顧身地往前衝。

「你沒聽說嗎！」

「呃，畢竟我好久沒有回來寇馬各了，再說我對你又不感興趣。」

「拜託你裝個樣子敷衍也好啦！誠實是美德，有德之人卻未必能長命喔！」

哈哈哈，這傢伙所說的話還真妙。

「所以呢，你現在等級多少了？」

等級是冒險者之間用來將個人鍛鍊程度或戰鬥能力概略量化的數字。數字越大越善戰，數字小就會被視為未成氣候。

不諳作戰的普通民眾是2到3。老練的士兵在10左右。就算一輩子都活於戰場也死於戰場，能累積的數字大概仍未滿30。以常識而言，這個數字似乎是人類的極限。據說要是超越了，就等於有某些部分已經跨出人類的範疇。

「我現在等級8。」

原來如此。以出身市井的冒險者來說算符合平均。不對，考慮到年齡反而可以說偏高才對。泰德口中的信心果真其來有自。

「……對了，威廉先生，我有聽過傳聞耶，你的等級似乎高得不得了。據說已經突破人類不容超越的30之牆了。」

「啊～……還好啦。」

威廉自己當然並非冒險者。然而，由於他常和那些人聯手作戰，就讓對方幫忙測過幾次等級的數字。

最後一次測的時候，威廉聽到的數字是69。

當時在場所有人還沒來得及吃驚，就傻眼地心想：超乎常識也要有限度吧。

「好猛。啊，難道你是用讚光教會傳給勇者的獨門鍛鍊法在修練？」

「並沒有那種事。」

威廉啜飲一小口咖啡。

「話說那只是個數字吧。有那麼令人想要嗎？」

等級是顯示強度的指標之一。反過來說，也就是指標之一罷了。

即使數字小，實際上戰場卻本事了得的傢伙也大有人在，傷腦筋的是有更多例子可以顯示出反之亦然。威廉認為那不是需要多在意的東西。

「當然想要啊。對我們冒險者來說，等級的數字就是收入的數字。何況要是沒有相當等級，就得不到高報酬的怪物情報。」

威廉這才想通。原來公會是用那種方式來防止讓成員白白送死。冒險者不被允許接觸危險也滿莫名其妙的就是了。

「呃，假如你真的只是想增加數字，倒也沒那麼難喔。重點在於只要不斷硬闖難關，數字自然而然會增加。」

「就是因為難克服才叫難關吧。」

口氣真囂張。

「……說來算不上訣竅，但我知道迅速讓數字增加的辦法。」

「真的嗎！」

泰德將身子探了過來。

「我想想，離這裡近的地方……在陶都奧拔烈有個廣收門徒的西之劍聖，你就去那裡請他讓你接受最終絕技的考驗。」

「直接從最終絕技學起啊，好有取巧的感覺耶。」

「一旦開始接受考驗，就得學成絕技歸來，或者死。結局號稱只有二選一。」

「……死？」

泰德的聲音裡夾雜了納悶的味道。

「而他們那裡的絕招呢，是應用念知與氣斬的複合招式。即使隔著鎧甲也能破壞對手內臟並致人於死。有天分的傢伙在考驗中被逼到臨死關頭就會掌握到用法。當然，沒天分的傢伙一輩子也學不成。」

「……呃？」

他的聲音夾雜了不安之色。

「然後呢，考驗的內容就是叫你不經準備直接上場討伐亞龍。」

「那樣會死人吧。那樣在幾秒鐘內就會死人吧。」

「啊～對喔，雖說是亞種，那終究還是龍的眷屬。實力當然強到不行，鱗片又硬，人類能用的武器幾乎都不管用。想活下去只能設法悟出最終絕技，臨陣試招將牠打倒，照理來說是這樣。

順便告訴你，我直到最後都沒悟出那招。」

「……咦？」

泰德瞪大眼睛。

「啊，威廉先生，你該不會用了什麼方式取巧吧？」

「說起來確實算取巧。因為我使不出絕招，就硬碰硬把亞龍宰了。」

「……………………什麼？」

「人類能用的武器幾乎都對牠不管用。不過，好像也不至於毫無效果。當時我盡可能想找出有效的手段，就把以往從各個地方學到的招式全部拿來試，差不多在頭一個星期，積沙成塔的傷害就讓牠自己倒下了。」

「…………喔。」

「不管考驗的內容是什麼，能硬闖難關就會讓等級增加。光是那次好像就讓我昇了10級左右。那個劍聖還為此搞得一個頭兩個大。」

「…………那還用說嘛。」

泰德的語氣莫名疲倦。

順帶一提，後來師父和黎拉聽了那件事都捧腹大笑。他們還用手指著當事人說「沒天分的傢伙好辛苦」。真沒禮貌。

「將那種考驗一一克服以後，表面上的等級數字還有謝絕進入的道場自然會越來越多。用禁咒也不錯，那玩意只要懂得咒語的人都能用，副作用也相對較高。能平安撐過去，等級就會輕鬆提高兩三級。」

威廉獰笑著又說：

「假如你也想試，我可以幫忙寫幾張介紹函。」

「不好意思，不用麻煩你了。我想穩紮穩打地活下去。」

呃，那樣的話，你怎麼會挑上冒險者這行？

「穩紮穩打地昇級以後，你有什麼打算？」

威廉忽然試著這麼問。

「還不就為了那回事。」泰德莫名其妙地臉紅，還搔著腮幫子說：「如果我無法獨當一面，不就不能過去提親娶愛爾梅莉亞了嗎？」

「行，我立刻幫你介紹可以昇到50級的考驗，把遺書寫好吧。」

「對不起，真的不用麻煩你了。拜託放我一馬。」

泰德靈活地挪動椅子腳後退拉開距離。

「請不要那樣！」遭店員怒罵後，威廉乖乖道歉——

——就在此時。

頸根有種被銳利物體掃過的錯覺。

「…………威廉先生？」

「嗯。抱歉，我離開一下。」

他一邊用手掌揉頸子，一邊從位子上站起。

奈芙蓮默默地抬起臉龐。

「你要去哪裡嗎？」

「是啊。我要去見另一個讓人懷念的傢伙……泰德，麻煩你照顧這個女孩。替我帶她回養育院。」

威廉只交代了這些便離開咖啡廳。

「咦？請……請問……威廉先生？」

他對疑問的聲音置之不理。

雨依舊在下，然而，這時候顧不得那麼多了。

†

——突然間。

威廉想起往事。

那是比五百二十七年再久一點以前的事。

以黎拉為首的七名伙伴齊聚，前往討伐星神(Visitors)艾陸可・霍可斯登之日前幾天。

「我不喜歡太大把的劍耶。」

黎拉如此說道。

劍身至多與自己手臂同長。重量要在單手能輕鬆揮舞的範圍內。換句話說，可以完全發揮從父母、恩師以及師父（這似乎是指別人）所學劍技的單兵用長劍，才符合她的喜好。

聖劍(Carillon)是為了殺人類不能企及之物而存在的大劍。名為人類的渺小物種面對費盡全力卻依然搆不著的高度，就穿了這樣一雙鞋硬是將自己墊高。因此，黎拉說過她不太中意。

威廉明白她想表達的意思。

懂歸懂，然而黎拉既為正規勇者，又是被堂堂極位古聖劍瑟尼歐里斯選上的當代用劍者，威廉認為她不該說那種話。

想讓強大的聖劍選上也無法中選，想擁有力量也無法擁有的人，世上大有所在。擁有力量者在口頭上不把自己的力量當一回事，等於與那些人作對。要是黎拉公開說出那種話，遲早會被人從背後捅刀。像威廉就想捅。她最好別以為晚上都有月亮照著。

「……所以你就找她比試練習，然後碰了一鼻子灰回來啊。」

納維爾特里沒好氣地問，威廉則答應得咕咕噥噥。

從赫杖接上熊掌。從狐尾接上針肘。從鶯贊崩擊接上戲鍾鐵鼓。威廉低頭向西爾葛拉穆學來的種種招式，在獲選勇者專有的卓越洞察眼光之前——那好像有個浮誇的名稱叫「深淵眼」——全遭到看穿還被倒打一把。途中，威廉也試著穿插納維爾特里教他的「蜃景步法」和「北星步」，卻絲毫沒發揮作用。

正規勇者的天分及實力之牆既高又厚，瞧不見邊際。

「老弟啊，你嚴重搞錯一件事了。」

納維爾特里以夾雜慨歎般的誇張動作說：

「身為男人的我們，本來就不可能贏過女性。再怎麼挑戰也不能及。我們能做的只有乞求她們的愛而已。」

「認真找你討教的我是白痴。」

威廉嘀咕。

「不，我認真和你講正經的。這大概可以稱為劍質上的差異。」

納維爾特里劃出劍弧似的用手指輕輕一揮。

「你的劍屬於所謂的征戰之劍。能削弱敵方戰力，給予巨大損傷，專為破壞而揮。

極端來講，你這種作風在把眼前敵人區分成殺得了和殺不了兩種以後，就不接受其他資訊了。」

「這樣不行嗎？」

「以戰鬥者而言應該算中規中矩。沒有人會怪你。」

納維爾特里聳肩。

「可是呢。你既不想否定黎拉這個女孩，也不打算讓她屈服。你揮的劍碰上那種對象就不太行得通。」

「……不。假如能讓她屈服，我倒想試一次。」

「那還真是男人的大夢。我支持你。我會在安全的地方暗中支持。」

他深切地告訴威廉。

「假如我的劍是征戰之劍，黎拉那樣又算什麼？」

「嗯～她的劍非常像尼爾斯前輩的劍。不知道是不是因為她性子直才會像師父，或許單純是他們為人的本質相近吧。」

尼爾斯．D．佛利拿。既是黎拉的「師父」，對威廉來說應該也是「臭師父」的男人。

「不想傷害人，又不想受傷害，即使如此還是因為迫不得已而握了劍……屬於迷惘者特有的貪心劍路——她那種劍，是典型的膽小鬼之劍。」

†

來到隔了兩條街的地方以後，威廉停下腳步。

不知不覺中，他的脖子被人用銀色刀刃抵住。微微冒出的紅色血液隨即被雨水沖去。

「嗨。」

威廉用毫無緊張感的語氣朝背後開口。

「拿殺氣當請帖，挺老派的不是嗎，我們又不是不熟。有事找我，規規矩矩地用嘴巴說也可以啊。」

「……畢竟我們似乎會談到不方便在人前明講的話題。」

威廉背後不知何時站了個披著黑色防水斗篷的男子。

對方用裝蒜似的語氣回答。

「敘舊之前，我有幾件事想先問清楚。希望你誠實回答，威廉老弟。」

「既然是為了這種事找我，當面講就行啦。你也知道我不擅長瞞東瞞西的吧？」

「第一個問題。」

威廉打趣的詞遭到無視。

「你怎麼會在這？」

「……何必這麼問呢。你知道我的故鄉是寇馬各吧？要我來說，你出現在這裡比我不自然得多。」

「看來你似乎不懂我提問的用意。」

接觸脖子的刀刃添了一絲勁道。

「在決戰那天，理應已經和黑燭公（Ebon Candle）鬥到兩敗俱亡的你，為什麼現在又突然出現在這座城市？」

「……什麼？」

一瞬間，威廉聽不懂對方問了什麼。接著，在他理解話中含意的下一刻，便感到大事不妙了。

直到此時此刻，威廉都忘記思考一項重要的問題。

這世界是夢。他太介意這個前提，就沒有確認這個世界的「當下」是設定於什麼時候。

（我想得太簡單了，還以為夢境裡對時間順序的安排不會多講究……！）

從剛才聽見的內容，可以釐清幾件事。

第一點，這裡是威廉他們前往討伐星神之後的世界……而且，當時世界似乎還沒被〈十七獸〉毀滅。

然後，這個世界的威廉．克梅修打完那場仗以後似乎也沒有回來——恐怕是變成石塊留在戰場上了——這算第二點。

最後一點，看來這個世界果真不是根據威廉一個人的記憶構築而成的。書上記載著威廉不曉得的知識，人們也活在他並未經歷過的時代。

（這到底是怎麼回事……？）

換算成夢裡的時間，威廉思考這些大約用了幾秒。這段時間不知道被解讀為什麼樣的答覆，威廉身後的男子將抵著他脖子的刀收回了。

「……你就這樣放開我行嗎，我什麼話都還沒有回答喔。」

「我本來就不認為這能對你構成威脅。要對付最強的準勇者，拿這種玩具似的刀再怎麼說也不夠格。」

「最強是嗎？」威廉露出苦笑。「你這樣講就肉麻了，納維爾特里。」

威廉緩緩地回頭。

男子解開防水斗篷的風帽。年約三十的他露出了燃燒般的紅髮以及蓄有鬍渣的臉。

納維爾特里．提戈扎可。

讚光教會所認定的準勇者之一。出身於西高曼德的一支氏族。平時使用的武器是氏族相傳的雙曲刀，然而面對強大敵人時就會拔出愛劍「純位聖劍拉琵登希比爾斯」。

「別太抬舉我了。即使同為準勇者，你仍是我的前輩，身手又了得。而且你用的聖劍位階也比我高。」

納維爾特里微微地笑道：

「既非謙虛也非內斂，會認真講出這種話就是你讓人覺得恐怖的地方。」

威廉同樣微微地笑著回答：

「既非客套也非揶揄，會認真講出這種話就是你讓人覺得麻煩的地方。」

短暫的沉默。只剩雨珠猛烈打在石版道上的聲響充斥於四周。

「……我和那個黑色骷髏頭確實是打到兩敗俱亡了才對。之後的事我都沒有記憶。等我回神就發現自己在寇馬各了，那是三天前早上發生的事。」

威廉回答了對方的問題。

假如全部從實招出，還得讓對方接受「這個世界本身就是假象」這一點。威廉認為那太過困難，便決定用謊言來隱瞞無法透漏的部分。

「我才想問發生了什麼事。問題不只是我為什麼還活著。」

威廉輕輕抓了抓自己濕透的頭髮又說：

「結果那場仗怎麼了？從人類還沒被消滅來看，星神應該是打倒了，也能曉得你有活下來，可是，其他人還平安嗎？」

納維爾特里不答。

「更重要的是，你一下子用殺氣，一下子用刀子指向同伴，到底是怎麼回事？麻煩跟我解釋狀況啦，將狀況說清楚。」

「是真界（True World）再想聖歌隊在搞鬼。」

威廉聽見納維爾特里咕噥那個字眼。

聽者似乎比說者還難為情，感覺有點取壞了的組織名稱。

「你還記得吧。那些人過去為了顛覆帝都，曾經策劃過什麼主意。他們那時候留下的黨羽正打算繼續執行當時的計畫。」

——啊，原來如此。

難怪納維爾特里會提到那個字眼。

威廉想過以後就覺得合情合理。這裡是仿照昔時大地營造的夢境，討伐星神這件大事既已發生，緊接著要上演的自然是〈十七獸〉出現。日子一到，數天之內便會國破城荒，名為人類的物種將從大地上消失。

倘若如此，真界再想聖歌隊身為孕育出那些〈獸〉的始作俑者，會在目前的時間點暗中活躍便說得通了。

這裡，是遲早要毀在他們手中的世界。

（心情上有點像預言者呢。）

對註定的未來心理有數，讓威廉有種奇妙的感覺。全能感與無力感交相混雜，好比大理石花紋那樣。快與不快感兩相比較，傾向不快感的部分要大得多。

威廉將動搖的思緒藏在嚴肅臉孔底下，並向納維爾特里問道

「你說的和你做的之間，又有什麼關聯？」

「勇者與前勇者當中，有人與真界再想聖歌隊私通。」

「————什麼？」

威廉問出了不曉得的情報。他想都沒有想過。

「假的吧——呃，不對，你不會因可靠性低的情報有動作。表示這件事是真的嗎？而

且你不隱瞞這點，代表你已經做了判斷，就算準勇者之間因此互相猜疑也無所謂。比起將叛徒找出來，你更想讓對方起戒心，以拖延為優先嗎？」

「你的洞察速度還是一樣快。」

納維爾特里傻眼似的說：

「要是你的洞察技術也對女人心管用，明明會更受歡迎的。」

囉嗦。

威廉並沒有想要受歡迎的念頭，不過被誇口天下有多少港口就有多少情人的納維爾特里那麼一說，感覺倒格外具有說服力，令他非常不甘心。

「從反應來看，似乎可以推斷你跟真界再想聖歌隊之間的關係傾向清白。」

納維爾特里攤開雙掌，原本應該握在右手的銀色短刀就像變戲法似的不見了。

「話雖如此，你所說的也不盡然都是實話吧。你宣稱自己沒有早上醒來前的記憶，那段說詞似乎並不能照單全收。」

……納維爾特里的洞察還是一樣精準。

還有，這傢伙的洞察技術對女人心應該也一樣管用。叫人羨慕。唉，真叫人羨慕。

「ＯＫ，威廉老弟。你的嫌疑姑且先保留。就當成至少你似乎沒有涉案。在狀況告一段落以前，麻煩不要有太醒目的行動。」

納維爾特里單方面如此斷言，然後轉身。

「我不必幫忙嗎？」

「懷疑同伴是我現在的差事。我不能把背後託付給無法斷定為清白的人。」

他毫無防備地背對威廉這麼說。不知道那算笨拙，或者只是拐彎抹角，表達方式實在讓人摸不著頭緒。

「……再回答你一件事好了。那時候挑戰星神與地神（Poteau）的成員中，生還的原本只有我還有黎拉。在方才那一刻，你的名字也加進來了。」

「這樣啊……」

納維爾特里所說的結果，和威廉之前從大賢者史旺那裡聽到的一樣。因此他並不驚訝，然而重新接獲這樣的消息，心情還是會消沉。

「成功撿回屍首的，也只有史旺和艾米莎。史旺似乎對自己施了某種複雜的咒蹟（Thaumaturgy），就沒有下葬，還安置在教會的地下聖堂。」

不對吧不對吧，大賢者，你搞什麼啊！現在是睡大頭覺的時候嗎？難道用於甦醒或復活的咒蹟並沒有順利生效？

「能告訴你的大概就這些了。好啦，之後等差事全部了結，我們再一邊喝酒一邊談。」

納維爾特里瀟灑說完以後，便邁步離去。

「欸，納維爾特里。」

威廉不由得朝著他的背影問：

「呃……你過得好嗎？」

離去的背影只有佇足一次。

「託你的福，還好。」

納維爾特里頭也不回地答完以後，這才消失在朦朧雨中。

雨依舊在下。

威廉仰望著天空。

這個世界理應只是一場夢，即使如此，雨珠仍十分冰冷。

一陣響亮的噴嚏聲傳遍巷道。

4. 緋色頭髮的少女

在小小教會的牆上，掛著一幅大大的圖畫。

圖上畫的是土壤裸露的不毛荒野。約有十個看不出長相的男女，在荒野中依偎似的站著。

「——由遙遠星海來此的眾神立於荒野。」

一名少女正仰望那幅畫。

耀眼得有如火焰旺盛燃燒的緋色頭髮；身高與體型看上去像十五六歲。然而正望著壁上圖畫的那張臉孔，卻像赤子一樣地純真。

「祂們對那蕭然空寂的荒野感到不忍，便將自身靈魂細分賜予地上的走獸。經靈魂碎片（Fragment）附體的獸群們獲得智慧，開始用雙腳在大地上行走。名為人類的物種就此而生——」

應為這間教會負責人的年老尊師獨自將話說完，然後站到少女旁邊。

「——小姑娘，妳看得真起勁。是不是對星神的傳說有興趣呢？」

「嗯。」少女微微點頭。「因為我沒有見過爸爸媽媽。」

尊師低聲感嘆：「哦。」讚光教會認為人類是由眾星神創造的物種，而這套教義在市井間並不算普及。因此，虔誠到將星神稱為父母的信徒頗為罕見……他如此心想。

「妳不用感到寂寞。我們人類的靈魂，原本就是眾神分賜的。只要我們存在於這裡，遠祖的星神之魂必定也會與我們同在。」

「我想那有一點困難吧。」

少女稍稍晃了晃緋色頭髮，落寞地笑道：

「星神所賜的靈魂碎片有限。然而，人類在過去增加得太多。碎片變得無比稀薄，開始失去其意義了。不是嗎？」

尊師皺眉。少女的說詞含有否定讚光教會教義的思維。他也在猶豫是否該加以斥責，不過更令人介意的是……

「為什麼要用過去式呢？」

「畢竟對你們來說是現在的事，對我來說，也已經是遙遠的過去了。」

少女並沒有胡鬧，更沒有裝瘋賣傻。對一切死心的人，才會有那種透明無比且空虛的表情。和她年幼的臉孔一點也不相稱。

「妳究竟是……」

當尊師打算問對方身分時，少女忽然發出「啊」的一聲並抬起臉龐。

「對不起，我得走了。**紅湖**在叫我。」

她當場調頭就走。行裝的下襬輕盈搖曳。

「再見，老爺爺。我相當喜歡那幅畫。」

「慢……慢著……咦……？」

尊師剛聽見腳步聲「噠」地微微響起，少女就從眼前消失了。

他緩緩縮回原本要伸向少女肩膀的手，然後望向手掌心。

「……唔……？」

記憶急遽變得模糊。

他記得這裡方才有某個人在。他們交談過。那是確切發生過的事，但他卻無法順利想起對方的身影和嗓音，還有彼此對話的內容。心情好似在起了濃霧的夜裡遭了妖精戲弄。

「剛才那到底是——」

即使他嘀咕，也已經沒有人能回答了。

尊師將目光轉向掛在牆上的繪畫。封於畫布中的眾星神肖像，當然什麼也不肯告訴他……然而不知為何，有那麼一瞬間，他似乎從祂們理應沒有被畫出來的臉上看見了落寞微笑。

「無法取回之物」

-eggs had a great fall-

1. 當時的七人

威廉認為，那應該訂定過周詳的計畫。

他認為那應該投入了漫長時間與鉅額的金錢來仔細籌備。

經概念竄改型詛咒強化過武裝的成群怪物；大量使用被法律禁止的重金屬組合而成的決戰傀儡兵團；硬遭到強制共感型詛咒操控的蛇尾雞（Cocadrille）。

每項都是可匹敵一支軍隊……不，何止如此，其戰力之強大難保不會凌駕於軍隊。是感覺足以直接攻陷小規模國家，只能以氣壓山河來形容的兵力。

計畫發動時，主事者曾認為他們勝券在握。

那是幾年前的事了？

當時，威廉．克梅修十四歲。因此，照威廉自己的體認是在四年前；以現實世界的角度來想則是五百二十九年前；至於在這個夢境中，所隔的時間不過短短兩年。

沒錯。在這裡，那不過是兩年前發生的事情。

†

揮劍。揮。再揮。

大約從二十以後，威廉連算自己打倒的敵人數目都開始覺得麻煩了。因此，從途中他就放空心思，只專注於砍死眼前看見的敵人。

然而，問題在於用詛咒強化過的那些怪物。

所謂概念竄改型的詛咒，就是施咒將「存在形式」加以覆寫的咒術。童話裡常出現將人類變成石像，將鴿子變成可愛女孩之類的情節，當中所用的詛咒便屬於此類型。以那種手法改造過的生物因而獲得了原本沒有的膂力，骨骼裡還被安裝武器。

話雖如此，要對付並不算棘手。只是敵人施有高度細膩的詛咒，在砍殺牠們的過程中，同樣靠高等詛咒構築成型的聖劍便逐漸失靈了。

由於威廉嫌麻煩，原本他打算不管那些一路硬拚到底。可是，周圍的敵人數量比想像中多。在聖劍性能低落的情況下繼續作戰，難保不會因為蠻幹而本末倒置地造成更費事的局面。

沒辦法。

威廉用蜃景步法和大群敵人拉開距離，並將魔力灌入**右手**的聖劍。

「調整開始！」

聖劍這種武器，是用咒力將名為「護符」的金屬片銜接而成。開始進行調整時，咒力線綁定的力量本應會鬆弛。劍將失去劍的外型，變成二十九塊金屬片。而且那二十九塊會散布在四周空間，轉變成可以接受細微調整的狀態。

然而，在戰場上沒有那麼多閒工夫。威廉只調鬆了咒力線，並未將其解開，劍沒有解體。劍身出現可供幾根手指伸入的空隙，但形狀仍是固定的。

威廉用**左手**的聖劍將追來的鋼鐵傀儡兵一刀兩斷。同時，他把右手拇指伸進金屬片的空隙，以指腹貼住劍身內藏的水晶片。藉由那樣的接觸，威廉就能掌握聖劍的狀態。

……唔。

脊髓迴路有嚴重的魔力栓塞。好不容易催發的魔力變得無法運行於劍身。難怪會失靈。這部分就待之後再進行全面維修，目前先做應急處置撐過去。威廉以拇指改變護符組態，造出應急的管道讓魔力運行。調整結束，咒力線歸位。

聖劍種類雖多，威廉尤其愛用帕希瓦爾這種量產劍的理由便在此。因結構單純，調整時就容易有許多蠻幹的應用方式。在戰鬥中還能調整敵意(Slayer)等級與抗性效果比例的聖劍唯此一種。還有，帕希瓦爾屬於尺寸相對小巧的劍，這點年僅十四歲，手腳尚未發育完全的威廉同樣要給予高評價。拚命點還可以像這次一樣使出二刀流。

不過，其他準勇者都傻眼地表示：「獨力調整聖劍根本是做不到的事。」無論威廉再怎麼鼓吹帕希瓦爾有多好，也沒有人願意附和就是了。

那且不提。右手的帕希瓦爾暫時恢復功用了，但是左手的汀德藍感覺也快要報銷了。威廉重新上緊發條，提醒自己接下來應戰時或許要謹慎點才行——

——同時，他全力向後飛縱。

彷彿足以灼傷眼睛的龐大閃光。

與其說是聲音，感覺簡直只能當成衝擊來承受的轟然巨響。

強烈爆壓讓威廉產生遭到五馬分屍的錯覺。

「——唔。」

威廉使勁催發魔力，將能量集中於雙腳。在五感全都靠不住的狀態下，他只靠平衡感來辨別地面位於何方，並且蹬腿似的讓自己站穩。

「咕哇……啊……嗚……」

他用那種姿勢呻吟了幾秒鐘，五感逐漸恢復。

受衝擊擠壓的肺臟又開始運作。

威廉無視於喉嚨的輕微疼痛，全力深呼吸——

「艾米莎啊啊啊！妳想殺了我嗎啊啊啊！」

然後大吼。

「哎呀，什麼嘛，原來你待在那裡嗎？」

有個女子翩然降落在與威廉稍有距離的地方。

年齡聽說是二十歲；鑲著荷葉邊的長裙與戰場毫不搭調；那副打扮似乎只要跑幾步就會沾滿泥土，她身上卻完全看不出有沾到那樣的髒汙。

艾米莎·霍德溫。冒險者。登記等級為61，據說，這在現任的所有冒險者當中位居第二。

「不要小裡小氣地跟牠們打啦。剛才我差點轟到你了吧？」

「那是差點跟敵人一起炸上天的人要對妳抱怨的詞！」

「什麼嘛。反正結果你沒事，敵人也清理得乾淨溜溜，不構成問題啊？」

「那也是我才有資格說的台詞！」

威廉一邊吼，一邊看向戰場——曾經是戰場的地方。

剛才他到處衝鋒的地方，他拿著兩柄聖劍不停奮戰的地方，成了缽狀的巨大窟窿。

敵人的身影已經完全看不見了。

絕大魔力爆炸後造成的產物。原本那遠遠超過了隻身所能催發的魔力極限，不過似乎是靠著天生的特殊體質與傑出才能，再加上獨創的魔力操控理論，才實現了這等破壞力。

威廉揮劍，揮劍，再揮劍，數到二十左右就停了，他覺得自己打倒的敵人應該有五六十個。然而，光是艾米莎在剛才一瞬間轟殺的敵人數量，應該就輕易超越了威廉累積的數字。

「……全被妳炸光了啊。」

「所以我剛才不就說了嗎？」

威廉在視野變得格外開闊的那塊地方沉沉坐下。環顧四周。在開打之前，這裡曾是峻線險峻而優美的山麓地帶，還有草木扶疏的針葉樹森林。然而，如今他重新放眼望去，峻線在不知不覺中變得坑坑洞洞，原本是森林的地方到處可見被炸得掀開來的岩面。

「太破壞自然了。」

「什麼嘛。先跟你聲明，不是只有我害的喔！像對面山頭還有那邊的河流，都要歸西爾葛拉穆負責。」

「……哦。」

西爾葛拉穆．莫特。冒險者。等級58。

不帶武器。更不用催發魔力。自願只用徒手空拳的招式站上前線，公認的奇人兼超凡武術家。

威廉朝艾米莎指的方向看去。巨岩粉碎得有如沙粒，曾為瀑布的地方有著無數小溪流過。

「那全是空手弄出來的啊。身為魔力使用者，看到那種景象會失去自信呢。」

那種心情是可以體會，不過由妳來說超令人光火。

「好啦。剩下的敵人有多少，你看得見嗎？」

「呃～……凱亞負責的森林還剩一些，另外……啊，再過去還有一整群。」

艾米莎沿著威廉的目光追尋，「什麼玩意啊？」她傻眼似的說。

「那是藤蔓類的樹靈（Dryad），對不對？以樹靈來說超大的耶。」

「八成跟之前一樣，又是下咒讓生態本身變質的產物吧。」

「嗯……噁心。」

動用概念竄改型的詛咒，真的得付出莫大成本。威廉認為對敵方陣營來說，那大概就是最強兼最後的底牌了。

而艾米莎只對那玩意兒拋下了一句「噁心」的評語。令人唏噓。

「所以說，誰去對付那個？別找我喔，我不想靠近它。」

在艾米莎如此任性地講完意見的下一刻。

天上浮現巨大光環。

「……啊～史旺要出手啦？」

威廉一邊茫然地仰望那陣光，一邊從行李拿出耳栓。

看不見的畫筆灑下光芒，在藍天畫出像蕾絲一樣精緻的圖樣。

「他今天用的術式還真浩大呢。」

「畢竟拿咒蹟對付已經受詛的敵人效果又不好。史旺想用硬碰硬的方式解決，下手才會比較重吧。」

如字面所示，咒蹟刻印是在行使咒蹟時用來當成觸媒的圖徵。要動用高階咒蹟，就需要複雜且大規模的刻印。

在戰場上當然沒有空閒特地張羅那種東西，因此絕大多數的咒蹟師會事先將刻印刻在羊皮紙或黏土板，再因應狀況來使用。

而史旺．坎德爾要算在「絕大多數的咒蹟師」的範疇之外。

他在需要行使咒蹟時，就可以即興創造出咒蹟刻印。因此，無論是多麼複雜而特別的咒蹟，他一有需要就可以當場製造並加以動用。

即使在毫無繪圖天分，連初階咒蹟都不會用的威廉眼中看來，也明白那有多玄。天曉得同道中人內心是何種滋味——

當威廉思索這些時，藍天的咒蹟刻印完工了。

他和艾米莎同時塞上耳栓，並且背對咒蹟刻印閉上眼睛。

五秒鐘過後。

兩人睜開眼睛回頭，就目睹原本位在眼前的山頭被轟得足足小了一圈。

「太破壞自然了嘛。」

完全可以同意，不過由妳來講果真令人光火。

†

「嗨，少年。辛苦啦！」

慰勞之語甫落，凱亞．高特蘭就朝威廉抱了過來。

「欸，住手，會痛啦，好痛好髒好痛好髒！」

凱亞有別於艾米莎和西爾葛拉穆這樣的怪胎，算是相當正常的冒險者。等級為39。她穿著鍛造精良的鎧甲來保護身體，揮舞出自名匠之手的劍來誅討敵人。

常人要是被那種身經百戰的劍士臂力使勁擁抱，背骨應該會瞬間折斷。順帶一提，凱亞剛戰鬥完，還穿著被怪物的血濺得又黏又髒的鎧甲。

「抱歉抱歉，我看你可愛就忍不住，好嘛？」

「別因為『忍不住』就對我使出必須用全副魔力防禦的擒抱啦！」

「討厭啦。正因為你懂得用全副魔力防禦，我才敢抱不是嗎？假如我對其他孩子做一樣的事情，隔天就會變成懸賞的通緝要犯了。」

這個阿姨帶著笑容瞎說什麼啊？

「再說，你只有現在才這麼可愛吧！畢竟你正在成長期，手腳到明年或後年就會發育變長，長成堂堂的男子漢。不趁現在多疼愛一下，不就太可惜了嗎？」

是喔。真希望快點長大。

「那樣的話，之後就輪到令郎嘍。記得他現在三歲對不對？」

從旁邊探頭過來的黎拉插話。

「是那樣沒錯。不過我老公反對讓兒子拿劍耶。我明明想趁現在開始鍛鍊他的。」

「哎呀，那又是為什麼？」

「他說他不會讓小孩從事冒險者這種粗魯的職業，要是力氣輸給老婆又輸給兒子還得了。真是個傷腦筋的人。」

傷腦筋的是妳。老公加油，我私下支持你。

「威廉老弟，你剛才偷偷在替她老公加油對吧？」

威廉被納維爾特里看穿心思了。

「拜託你，就算察覺我有那種想法也別講出來……唔啊，衣服慘兮兮的。」

經過作戰還有艾米莎轟炸而變得又髒又有泥巴味的衣服，被凱亞剛才用鎧甲貼上來，就多了一堆血漬。這模樣半夜走在路上，保證會立刻被衛士追捕。

「渾身泥土耶。你沒用蜃景步法嗎，之前教過你了吧？」

「我確實學過了，也用過了。結果還是弄成這樣。」

威廉氣悶地回答。

納維爾特里的故國所傳之曲刀術一環。基礎原理是靠著動作緩急來欺敵的技術，但練到爐火純青以後，據說就能讓己身化作蜃景，並躲過任何攻擊。

「只要你練熟一點，連沙塵都可以閃掉。」

威廉覺得自己這輩子都練不熟。

「我有練成喔！你看你看，衣服乾乾淨淨的對吧？」

閉嘴，黎拉。妳那種才華是全天下凡人的公敵。

「好啦，你要回答『乾淨』啊。把稱讚的話保留在心裡可不行。」

「對嘛對嘛，快說快說，老老實實地稱讚我～」

你們兩個都閉嘴。

——這時候。威廉發現在稍遠處，有個嬌小的少年坐在怪物屍體旁邊。寬鬆的白斗篷下擺沾滿了泥土與血，對方卻好像沒察覺。

「……你在做什麼？」

威廉靠近詢問。

史旺．坎德爾……年方十二的天才咒蹟師頭也不抬地回話。

「調查詛咒的結構。作戰過程中，感覺有點不對勁。」

「詛咒？」

威廉像是受了那句話影響，便催發魔力開啟咒脈視界。

有複雜的咒力運行於怪物全身。威廉對這方面的學問不熟，並不明白咒力在什麼形式下會構成何種詛咒。

「有哪裡出問題嗎？」

「這些傢伙身上的詛咒，幾乎都是同一套模式。」

史旺抬頭，然後看向威廉這邊。

「原本這種詛咒是類似量身訂做的玩意兒。不依照對象個別下咒就會讓效果變弱。因此消耗的成本高，也不適合大量製造。然而，看來這是克服了那種問題的詛咒。」

「……你的意思是，同一套詛咒可以用在任何目標上面？那種霸道的技倆不是瑟尼歐里斯的專利嗎！」

「不，倒還沒有瑟尼歐里斯那麼誇張。也許這種技術才研究到一半，能夠模式化的，僅限於內容單純且變化量小的詛咒。比如讓目標長角，單純增加肌肉量，改變內臟數目或位置……」

「你說這才研究到一半，那將來會挺不妙的吧？」

「很不妙。假如不趁現在仔細掃蕩創造這些玩意兒的組織，後果或許就嚴重了。」

威廉捂著太陽穴搜尋記憶，回想出原本忘記的那個名字。

記得那是叫……真……真世界……什麼聖歌隊來著……？

「真界再想聖歌隊。」

對，就是那名字。

「好爛的名字。難記難寫又丟臉。」

「會嗎，我倒覺得品味不錯。」

是喔，原來你的品味是那樣。求你千萬別用自己取的外號來自稱，搞出那種事情，聽的人會比你更羞恥。

†

當時，威廉·克梅修十四歲。因此，照威廉自己的體認是在四年前；以現實世界的角度來想則是五百二十九年前；至於在這個夢境中，所隔的時間不過短短兩年。

沒錯。從那之後只過了兩年而已——

2. 該守護的人

具體日期並不清楚，不過，〈十七獸〉就快誕生在這個世界上了。

然後，從那天算起，世界將在數日內滅亡。

目前納維爾特里正在採取行動，要阻止那樣的結果。哎，應該無濟於事吧。世界會毀滅。歷史是如此述說的。

「接下來該怎麼辦呢？」

雖說在夢境當中，要是喪命於此，或許對現實中的性命也會有負面影響。威廉他們應該趁著還沒有和人類一起被〈獸〉所害，趕緊先逃離這個世界才對。

（……加把勁，找出哪裡有異狀吧。）

無論創造這個世界的人是誰，照理來說，目的就是要讓威廉和奈芙蓮永遠成為這裡的居民。既然如此，在〈獸〉誕生導致眾人喪命的那一天之前，對方大有可能採取某種淺顯的舉動來讓他們屈服。只要認清那一點，要找機會逃脫也比較容易才對。

奈芙蓮正在庭院的樹蔭下讀書。

她就像平時那樣，面無表情地將書本翻過一頁又一頁。

有幾個男生聚在和奈芙蓮稍有距離的地方。他們躲在樹蔭底下，偷偷摸摸地窺探奈芙蓮的模樣。

†

「那是在搞什麼？」

威廉從窗口看著那副景象。

「要問的話，我覺得就像你看到的一樣啊。」

站在他身旁的愛爾梅莉亞不太端莊地發出「嘿嘿」的笑聲。

「奈芙蓮小姐很受歡迎的喔！她的個性文靜，又有神祕感，身手也非常厲害。」

哎，說來是那樣沒錯。威廉心想。畢竟她話不多，心思難以揣測，用劍技術更不用多提。

「身材那麼嬌小，卻比等級8的我厲害多了。好令人受挫。」

似乎聽見另一個人在講話。威廉不予理會。

「所以嘍，家裡的男生都對奈芙蓮小姐好奇得不得了。可以的話他們都想跟她一起玩。可是因為她散發出不太容易親近的氛圍，他們只好像那樣等候搭話的時機。」

「……原來如此。她成了眾人崇拜的漂亮大姊姊嗎？」

「啊哈哈，對對對，就像你說的那樣。」

奈芙蓮成了大姊姊這件事頗令人發噱，不過笑歸笑，任何人在晚輩眼中都是年長的。

「原來小傢伙們也長到會在意那種事的年紀啦。有意思有意思。」

「話是那麼說，爸爸，你有立場悠悠哉哉地調侃別人嗎？」

愛爾梅莉亞壞心地笑了。

「結果，你有沒有找到女朋友或結婚的對象呢？」

「啊～……」

一瞬間，威廉心裡浮現珂朵莉的臉。

「……有個相當不錯的女人，我和她經歷過許多事，就向她求婚了。」

「咦？」

「哇。」

愛爾梅莉亞和另一個無所謂的傢伙都愣住了。

「是……是喔，對方是我認識的人嗎，該不會是黎拉小姐？艾咪小姐？還是你出乎意料地選了史旺哥？……不會是奈芙蓮小姐吧？」

「反應太熱烈了吧。而且妳剛才提到的那些名字都莫名其妙耶。」

黎拉還不就那副德性，艾米莎已經有男友了，史旺是男的，奈芙蓮則是小孩。以求婚的對象來說全都荒唐透頂。

「這麼說來，爸爸，你以前有提過跟公主陛下見面的事……難道說……」

「妳想到哪裡去了啊？」

威廉出掌朝一臉開心地胡思亂想的愛爾梅莉亞頭上輕拍。

「對方妳不認識啦。她是個正直、做事拚命、溫柔、愛撒嬌、容易鑽牛角尖，而且又笨又單純又笨又單純的人。」

威廉不覺得自己說得過火。他甚至想多強調一次又笨又單純。

「……哦。」

愛爾梅莉亞湊過來看著威廉的臉龐說：

「原來如此，所以是臭味相投嘍？」

「喂，妳怎麼會那樣解讀？」

「下次帶她來家裡嘛。我會盡全力當個壞心眼的拖油瓶給你看。」

「妳喔……」

帶珂朵莉來。讓她見這裡的小傢伙們。

如果能那樣做，不知道有多好？

珂朵莉和愛爾梅莉亞。感覺她們應該合得來。在類似環境中長大，有著類似煩惱的兩個人，應當可以聊得相當融洽。

到那個時候，話題八成會以威廉．克梅修的壞話為主……能輕鬆篤定這一點，倒有點遺憾就是了。

「啊，他們有動作了。」

威廉重新將目光轉向少年們那邊。

他們鬧哄哄地擠到奈芙蓮面前，嚷嚷著把玩具長劍塞給她，還牽了少女的手讓她站起來，要她用玩具長劍跟大家比劃。

「噢，真會拗。」

「因為他們根本不懂要怎麼對待女生啊。和爸爸一個樣。」

「欸，等一下。我可沒有拙到像他們那樣。」

「你們只是做法不一樣，可是行為本身沒兩樣吧。」

愛爾梅莉亞說的話讓威廉微妙地難以反駁。他只好閉嘴。

鏗。鏗鏗鏗。玩具長劍互搏的聲音順著風傳來。

「啊～你看你看，法爾可的臉紅通通的。他在害羞耶。」

愛爾梅莉亞興沖沖地將身子探出窗外，彷彿隨時會用手指過去。

「哎喲，好可愛喔……」

興奮得雙頰泛紅的她如此嘀咕。

「像愛爾梅莉亞這樣才是最可愛的……」

威廉聽見旁邊有人在胡說八道。

「搞什麼鬼，泰德，原來你在啊。」

「我在啊。還有請不要反射性地出腳踹人，拜託。」

「等級8的光是懂得防範就很了不起嘍。下次我毫不放水地從你頭頂掃過去好了。用你能夠活下來就值得連昇幾級的那種腿勁。」

「意思就是不給人活路對不對！」

泰德在東拉西扯間，依然躲掉了威廉出的好幾腿。威廉越玩越起勁，還試著逐漸加快速度。

「你們這邊也一片融洽呢。」

愛爾梅莉亞莫名開心地看著他們互動的模樣。

「所以呢，泰德，你到底是來做什麼的？」

「呃，那個，我來看看狀況，這陣子城裡出了事情，我擔心……唔哇！」

威廉用腳跟踹中泰德的側腹。

痛得掙扎的泰德臉上仍露出開朗笑容。真有兩下子。

「城裡出了事情？」

「就……就是那個關於夢的傳聞啊。你沒聽說嗎？」

這傢伙究竟在說什麼？

「這幾個月來，半夜作怪夢的人似乎越來越多了，到處都有。而且大家夢到的內容都一樣，還有人認為這肯定是某種預兆，風聲都傳開了。根據公會聯盟（Alliance）下放給冒險者公會的情報，似乎在大陸上任何地方，一律都有發生這種作夢的症狀。」

「……作夢是嗎。」

在威廉看來，這裡已經是夢中的世界。再聽人扯到關於夢的事情，他只覺得亂複雜一把的，別無其他感想。

「而且，現在還多了一些情報。」

泰德一邊揉著側腹一邊起身。

「最近不是常常出現原因不明的昏睡者嗎？據說原本完全沒有相關病史的人，忽然就一睡不醒了。」

「這樣啊。」

「……對啊。現在有傳聞認為，一睡不醒的原因就是作了那種夢。」

「……咦？」

愛爾梅莉亞微微地哆嗦。

「啊，抱歉抱歉。這沒有什麼好怕的啦，只是傳聞罷了。」

泰德大概是隱忍著痛楚，他滿頭大汗地露出笑容。感覺只論骨氣倒是可以認同。

「話雖如此，昏睡的人相較下不多，也許純屬偶然就是了。不過聽到那樣的傳聞，難免會覺得擔心嘛。所以嘍，我今天才用確認大家平安當藉口來看愛爾梅莉亞……唔哇！」

嘖，居然又閃掉了。眼睛挺亮的。

當威廉準備追擊的瞬間，門鈴響了。

「嗯，有客人？」

「啊，或許是最近新開的租書商。他那裡都是艱深的書，我就說家裡不需要，不過他每次有新書還是會帶來推銷。」

「好，我來應門。」

威廉舉了一隻手制止想去玄關的愛爾梅莉亞。既然要應付說也說不聽的麻煩客人，與其讓年輕女孩應門，由男人出面應該更合適。

「唔~那就交給你了，不過麻煩你別動粗喔？」

「妳把我當成什麼啦？」

「在許多方面都不知節制又沒有常識的爸爸。」

哈哈，看來妳很明白不是嗎？既然得到家人理解了，接下來就讓不速之客見識所謂的生死邊緣吧。

威廉一邊吱嘎作響地舒展肩膀，一邊走向玄關。

門鈴又響了一聲。

「好好好，現在就開門。」

威廉握住門把，轉動，打開。

「不好意思，我們家小孩對艱深的書——」

「嗨，威廉老弟。」

他與門外的訪客四目相交。

來者長有鬍渣的嘴邊，賊賊地露出壞心眼的笑容。

「**好久不見**，過得好嗎？」

「……啊。」

威廉用手指扶額，忍住突如其來的頭痛。

對喔。這傢伙就是這種人。

「**好久不見**，納維爾特里。託你的福，就像你看到的一樣。」

威廉抱著挖苦的意思如此回答，被奚落的納維爾特里卻心情大好似的點頭說：「那太好了。」

†

「喲，愛爾，妳依舊是個美人胚子。」

「歡迎，納維爾特里先生，你還是這麼會奉承。」

「不不不，我這是真心話。美麗花苞將開出美麗的花。再過兩年，妳肯定會成為男人們無法置之不理的迷人淑女。有我做保證。」

「是是是。我信一半就好。」

「真不領情耶。不能把比例調高一點嗎……？」

「……喂，你們倆都給我等等。」

威廉打斷了講起話來溜得很的兩人。

「愛爾，原來妳認識納維爾特里？史旺他們就算了，我可不記得有帶妳見過這個滿臉賊笑的鬍渣男。」

「他最近不時會來看看家裡的狀況。你們是同伴對吧？」

「……納維爾特里。你這是什麼意思？」

「唔～最近我常奉教會的使命來這一帶。想到尼爾斯前輩或你說不定在這裡，我就試著來拜訪了。雖然你們大多都不在，幸好今天有遇到你。」

納維爾特里一臉無辜地講出這種好話。

他會專程來找尼爾斯前輩——就是指那個臭師父——那種怪人，還真是奇特的傢伙。自己被拿來跟那個師父相提並論，更讓威廉有種難以言喻的空虛感。

「後來，我的重要目的當然就變成來見這位小淑女嘍！」

「好，納維爾特里，跟我到外面去，你想在墓誌銘上刻什麼儘管說。」

「別這樣啦，爸爸……對不起喔，納維爾特里先生，只要是跟我們有關的事情，我們家爸爸都開不起玩笑。」

「我可沒有開玩笑。」

「我也不打算當玩笑帶過。」

「哎喲，都叫你們別這樣了。」

愛爾梅莉亞鼓起腮幫子。

「不扯那些了，既然今天能見到威廉老弟，我有事相求。」

「哦？」

威廉彷彿聽見自己板起臉孔的聲音。

「可是前些日子，你好像才說過不能把背後託付給我？」

「當然了，我這趟來不是為了**那件事**。」

威廉講話卯足了尖酸勁，對方卻用裝蒜的臉色迴避。

「今天要談的跟那是兩回事。最近原因不明的昏睡者正在增加，你有沒有聽過這個傳聞？」

喔，那件事情啊。

難不成就是剛才在話題中聊到的傳聞？威廉朝泰德瞥了一眼。

納維爾特里在成為準勇者之前，似乎用冒險者身分闖出了相當大的名氣，在部分冒險者之間幾乎已是口耳相傳的傳奇性人物。而且泰德好像也包含在「部分」當中，他的眼睛從剛才就閃閃發亮。

威廉有點不是滋味。欸，一樣是面對準勇者，你對待我的態度未免差太多了吧？威廉難免有這種想法。

「……嗯。只論有沒有聽過的話，我有。」

剛才聊到的就是了，這點威廉不說。

「那就好說。幕後黑手是真界再想聖歌隊。」

……啥？

「哪門子的組織啊！感覺像年輕氣盛才會取出那種要不了幾年就後悔的名稱。」

泰德口中冒出似曾相識的感想。

「說穿了，就是具備軍事力的邪教組織。我和威廉還有愉快的伙伴們在前年曾經掃蕩過那幫人。可是，看來他們最近又死灰復燃了。」

「……那些人的研究，是將咒術轉用為兵器吧？為什麼會跟無差別的昏睡事件扯上關係？」

「我不清楚詳情。不過，可以想見那應該是他們正在進行的研究的一環。換句話說，就是在研發隨機挑選目標仍可收得十足效果的詛咒。還有，他們更一併在研發能將其散播到超廣範圍的技術。」

威廉背脊冒出一陣寒意。納維爾特里話說得簡單，然而那要是真的實現了，就是足以輕易毀滅世界的技術。

……啊，不對。

仔細一想，問題有如此規模是合情合理的事。

畢竟依史實所載，在這之後，世界確實毀滅了。威廉不明白這事與〈獸〉的誕生有何關聯，但那項最尖端的荒謬詛咒技術想必脫不了關係。

「帝國議會認同事態的危險性，就先委託公會聯盟調查了。據說這種狀況幾乎發生在大陸全土，不過調查範圍仍劃定在帝國領內。所以嘍，我想寇馬各市的冒險者公會也馬上會接到調查的委託。」

泰德頓時動了動耳朵。

「那跟我有什麼關係？」

「哎，其實是讚光教會表示，希望能派一名準勇者輔助寇馬各市進行調查。照這樣下去，差事似乎會被交到我頭上。」

——不對勁，威廉心想。

冒險者與勇者聯手並不算多稀奇的事情。討伐極度危險的自生怪物時；摧毀向四周散播瘴氣的地下迷宮時；面對非克服不可的巨大阻礙時，有能力挑戰的人自然會聯手。先前討伐星神時，艾米莎、凱亞、西爾葛拉穆三位冒險者就協助過身為正規勇者的黎拉。

不過，那基本上都屬於要大戰一場或摧毀些什麼的任務。換成不確定是否會發生戰鬥的其他種任務，勇者根本就無能為力才對。

（哎，無所謂啦。）

反正要幹活的是納維爾特里。

他到這裡應該是為了把工作推過來吧？想得美。

「有工作真好，那你用心幹活吧。」

「哎，別那麼說，能不能替我接手，這是為了幫助有困難的人喔？」

「有困難的人是你。」

「話是那麼說沒錯啦。」

納維爾特里搔了搔後腦杓。

「別看我這樣，我現在挺忙的喔。不開玩笑，目前我參與的使命，已經演變成難保不會關係到世界存亡的問題了。」

應該也是。如今〈十七獸〉已接近完成，假如無法阻止真界再想聖歌隊的野心，世界就會毀滅。

倒不如說就是無法阻止，結果毀滅了。

威廉對此心知肚明。

「……呃，不好意思。我能不能說些話？」

面對那種稱不上會話的互動，愛爾梅莉亞從旁插話了。

「你們談的是睡著後就醒不來的那些人，或許作的都是同樣怪夢那件事對不對？」

「我有聽說那回事。雖然還無法證明前後症狀有因果關係，但可以料想的是，那個夢大概與我們所談的詛咒滲透度有關。」

「請問，有人曉得那是什麼樣的夢嗎？」

「這個嘛。據說是待在周圍所見盡是灰色沙原的夢，特徵在於心情會覺得說不出的懷念。」

愛爾梅莉亞看向泰德。泰德點了點頭。

「……爸爸。」

這會兒，她臉色不安地色朝威廉看過來。

「怎樣？」

在現場所有人的矚目下，愛爾梅莉亞用小得幾乎聽不見的聲音說：

「我從以前就常常做那個夢，怎麼辦？」

「————喂。」

威廉以幾乎穿破地板的氣勢洩氣地垂下肩膀。

「哈哈哈，用不著擔心啦，愛爾。」

納維爾特里居然開朗地拍手說：

「像這種事件，在場身經百戰的勇者立刻會替妳解決。」

「被資歷遠比自己久的人這麼說會覺得很不爽耶……」

威廉猛搔腦袋。

這裡是夢境。這個愛爾梅莉亞是冒牌貨。他明白。他自有分寸。

然而，即使如此。

這個女孩有愛爾梅莉亞的模樣，會用愛爾梅莉亞的嗓音講話，會用愛爾梅莉亞的笑容叫他「爸爸」，若要威廉．克梅修拋下她不管——

「我知道了啦。」

當然辦不到。

「混帳東西。我接手總行了吧，這差事交給我啦。」

「就知道你會這麼說。」

滿面笑容。讓人想用全力痛扁。

「——這樣做，並不只是因為我想偷懶。和冒險者公會聯手作戰，你活著的事情就會透過公會聯盟在大陸上傳開吧？」

納維爾特里閉上一邊眼睛。他應該練習過不少次，媚眼拋得漂亮。

「聽說你沒回來，大陸上有許多人都感到難過。我不會叫你跟所有人打照面，至少報個平安讓他們安心吧。」

「那倒是……」

當然，威廉並不是沒有考慮過那些。

但無論是操心或安心，一切都只是夢裡的錯覺罷了——想到所有事物立刻就會消失無蹤，他實在沒有實行的意願。

「……話談到這個份上，我是不太想問啦。黎拉現在怎麼樣？」

「啊～」納維爾特里有口難言似的沉下臉色。「和星神的那一仗，讓黎拉十分耗弱。後來她一直都待在帝都的施療院。」

「是嗎。」

威廉原本把這當成無關緊要的事情。

冒牌的世界，冒牌的黎拉。而且有別於愛爾梅莉亞，既然那個冒牌貨人在帝都，威廉就連她的臉也見不到。

哎，即使如此，無論形式為何，既然那個感覺殺也殺不死的天才姑娘曾經多活了一陣子，或許就可以當成好消息。

「嗯，果然你會在意她嗎？」

「以普羅大眾的標準，我姑且把她當成以前的同伴來在意。」

「你又來了。不用害羞啦，愛有時候救得了世界，有時候救不了。」

威廉被納維爾特里拍了拍背後。

「就這樣嘍，愛爾有我照料，安啦。別擔心，我好歹有等她成年再說的分寸。」

威廉握起拳頭。

由那位西爾葛拉穆·莫特親傳，威力稍加猛烈的突擊架式。

「……我懂了，我懂了啦，你把右手放下來。我記得喔，那是龍爛劫鼎的起手勢對吧，之前你在打倒銹龍（Rust Dragons）時用的招式吧？中招後超痛的對不對？整個人都會被揍飛對不對？」

疑似從頑皮小孩身邊解脫的奈芙蓮一進屋裡，就滿臉不可思議地偏了頭。

3. 自稱的女兒與自稱的寵物

愛爾梅莉亞・杜夫納在作夢。

無窮遼闊，無窮空蕩的灰色大地。

偶爾會有不知名的獸，從視野一隅緩緩地穿越而過。

颳起的風在耳裡留下奇妙的旋律。

那應當是奇妙的光影。

然而，她的心情卻不可思議地安詳。

何止如此，內心甚至有種懷念感。

啊，對了。這就是我們的所歸之地。我們應有的面貌。

如此呢喃的聲音，在耳裡深處不停歌唱著——

†

愛爾梅莉亞醒來了。

心臟正發出聒噪的跳動聲。

她又作了那個夢。從小就反覆作過好幾次的夢。

那並不算惡夢。內容既不陰森也不血腥。她在夢裡看了莫名其妙的景物，有了莫名其妙的感觸，如此而已。

可是，那種感覺……在夢中感受到的那種安詳，好可怕。彷彿自己變得不是自己，還不覺得反感，讓愛爾梅莉亞無比畏懼。

明明這陣子都沒有再夢過了。

在老家時，她大約半年會夢見一次。喪父住進養育院以後，變成大約一年夢見一次。到最近頻率又變得更低了。因此，她放心且疏忽了。

「會醒不來的詛咒嗎……」

泰德和納維爾特里所說的事件，讓愛爾梅莉亞的不安加劇。儘管並不是作夢就會受詛咒，他們也表示根本還不確定兩者是否有因果關係，但她就是會怕。

——明天也要早起，得躺下來繼續睡才行。

想是這麼想，一度亢奮的心臟卻遲遲不肯靜下來。感覺閉上眼睛似乎又會看見那不可思議的光景，連眼皮都久久無法闔起。

「……呼。」

不行。就算繼續在床鋪裡翻來覆去，也解決不了任何問題。

喝個水換換心情吧。

這麼想的愛爾梅莉亞走下床，披上開襟毛衣。

身體微微地打了哆嗦。

暖爐的小火劈劈啪啪地燃燒著。

愛爾梅莉亞來到客廳，就發現有女孩子睡在沙發上。對方似乎是讀書讀到一半輸給睡意，不小心睡著了。疑似由別人幫忙蓋上的毛毯，已經稍微脫落。

「奈芙蓮小姐……」

那個少女是個準勇者，聽說是威廉的後進。

據說她生在遙遠的國家，因此對帝國用的語言並不熟，然而她十分用功，短短幾天就變得能跟人做簡單的對話了。「因為文法類似，學起來輕鬆。」儘管當事人如此解釋，就算那樣，愛爾梅莉亞仍覺得事情還是有限度。難道所謂的勇者都像那樣嗎？

不過，如今對方捧著書縮成一團睡覺的這副模樣，只是個孩子。

愛爾梅莉亞試著輕輕撫摸那灰色的頭髮。輕柔溫暖，是小孩子的頭髮。

她又稍微動了手指，想戳看看那貌似柔軟的臉頰——

「……不行不行。」

愛爾梅莉亞打消了念頭。

「毛毯，對，不重新幫她蓋毛毯會感冒。」

當她一邊這樣告訴自己，一邊準備拿起毛毯時。

奈芙蓮睜開眼睛。

「……愛爾梅莉亞。」

「咦，吵……吵醒妳了嗎？」

「唔……」奈芙蓮睡眼惺忪地望向四周。「剛才，我睡著了？」

「對不起喔，我只是想幫妳重新蓋毛毯。」愛爾梅莉亞撒了小謊。「既然妳醒了，還是到床上睡覺比較好喔。再說今天晚上滿冷的，睡沙發會感冒。」
「嗯。」
奈芙蓮點頭，卻沒有起來。她似乎睡迷糊了。
「……我打算喝點茶，奈芙蓮小姐要嗎？」
「嗯。」
依舊像是睡迷糊的奈芙蓮又點頭。
感覺像小狗狗呢，愛爾梅莉亞心想。

因為如此，奇妙的茶會在半夜開始了。
愛爾梅莉亞試著沖了據說有舒緩神經等相關功能的香草茶。之前被別人推薦，她才會買下連名稱都不曉得的茶葉，不過在這種夜晚二人共享正合適。
茶點則是餅乾。她藏在櫥櫃裡面的珍品。
大概是因為怕燙，奈芙蓮忙著朝杯子吹氣。
「奈芙蓮小姐，妳跟我們家的爸爸是什麼關係？」
忽然間，這樣的疑問從愛爾梅莉亞口中冒了出來。

說出口以後，她才發現自己用了責備的語氣。

「……對不起，我問的方式錯了。呃，我並不是懷疑你們有不純的關係，該怎麼說呢？」愛爾梅莉亞沒辦法順利找到詞彙。「聽說妳是他身為勇者的後進，可是，感覺不太像只有那樣。」

沒錯。愛爾梅莉亞從第一次見到這個女孩子時，就不可思議地如此認為。

奈芙蓮相當受威廉重視。

可以感覺到，奈芙蓮本身也重視威廉。

而且，他們倆對彼此的態度，即使在旁人眼裡也相當自然。

雖然說，那看來並不像男女間的戀愛情愫或類似的感情就是了。

「唔……」奈芙蓮思考了一會兒說：「我是寵物。」

寵物。

又是個出乎意料的詞。

原本帶著曖昧笑容的愛爾梅莉亞，頓時變成嚴肅臉色。或許，這是得把爸爸也找來問個清楚的狀況。

「因為讓威廉獨處，他好像就會崩潰。為了避免那樣，待在他身邊是我的任務。保持會稍微妨礙威廉的距離感，這是我最近學到的絕活。」

「啊……是……是那種意思喔。」

寵物兩字讓愛爾梅莉亞有了一些偏激的想像，不過，看來對方似乎是把這個詞當成「比較親暱的朋友」來用。

她寬心地放鬆了表情。

由於彼此能像這樣正常對話，差點讓人忘了奈芙蓮才剛學會這裡的語言，詞彙量應該也不夠。她的遣詞會這麼聳動大概就是起因於此，愛爾梅莉亞如此做了解讀。

「不過。」

奈芙蓮落寞似的微笑。

「威廉在這裡比較不一樣。不太會給人快崩潰的感覺。」

「……是那樣喔？」

愛爾梅莉亞不曉得威廉在養育院之外是何模樣，沒辦法比較。

「大概，他已經不需要我陪在旁邊了。」

「……是那樣嗎？」

愛爾梅莉亞熟知威廉在養育院裡是何模樣，便覺得對方說的有些不對。

「因為爸爸就是那樣子，我覺得他肯定又會離開這裡，然後跑去某個地方。到時候我也沒辦法跟他一起去，說不定，他到時候又會像妳說的那樣變得快要崩潰。」

她又在自己的杯子裡倒了香草茶。

「奈芙蓮小姐，那種時候大概就只能靠妳了。呃，雖然爸爸是那麼的窩囊又不中用，還請妳多多關照他。」

「……愛爾梅莉亞。」

對方朝她露出有些訝異的臉色。

愛爾梅莉亞對於自己口中會說出這樣的話，也覺得有一點點意外。

「嗯。到時候包在我身上。」

奈芙蓮微微地，卻也莫名有勁地點了頭。

茶會結束，茶具收拾完畢。愛爾梅莉亞回到房裡。

（爸爸的身邊，好像依然有許多出色的女性呢。）

她匆匆鑽進床鋪。離拂曉的時間已經不多，然而，這次她覺得似乎能一覺安眠了。

4. 冒險者們

原本所謂的冒險者，大部分都是沒接受過像樣訓練，而且有勇無謀又愛作白日夢的一群人。

他們的生活當然不穩定，在社會上的信用也幾近於無。順帶一提，挑戰自生怪物或其他鬼東西時的生還率也低得嚇人。

冒險者公會則是那些冒險者的互助組織。其存在相當普遍，在大陸全土，還算繁榮的城鎮裡往往會有一個以上獨立核算經營的公會。

而公會聯盟，就是位於各地的公會為了進一步互助而成立的上層組織。

由他們普及於世的等級系統與各種制度，讓原本只是有勇無謀又愛作白日夢的冒險者們變成了經過訓練的探索者。過去無異於爛賭局的冒險者收入在某種程度內穩定下來，過低的生還率也多少提高了。

†

「勇者……」

「是勇者……」

「居然有勇者……」

排斥歸排斥，還是會聽見竊竊私語的聲音。

視線中蘊含的感情，交雜有嫉妒、憎惡與憧憬的色彩。

（雖然我早習慣了，待起來就是不舒服……）

威廉硬忍住想嘆氣的情緒，然後環顧四周。

寇馬各市僅此一間的冒險者公會入口。寬廣空間裡聚著十幾名男女。

所有人都用充滿複雜情緒的目光望著威廉。

（我們還真是惹人嫌啊。）

威廉裝蒜似的苦笑。

畢竟這些冒險者在社會上普遍受到的待遇，只比流氓無賴好一丁點。另一方面，勇者則為了守護名為人類的種族，始終站在與異族作戰的最前線，堪稱英雄中的英雄。至少社會上的觀念就是如此。

順帶一提，就算立場反過來，仍會有類似的怨言。勇者陣營基本上無法自己挑選戰場。他們扛的招牌固然光彩，然而簡單來說，勇者就好比受聘於讚光教會的傭兵團。作戰不允許敗北或逃亡，只能奉命而戰並一路獲勝。從那樣的角度來看，冒險者的過活方式無疑顯得既自由又悠哉。

以上不過是分別舉出一例而已。除此之外，兩者之間仍有許多造成摩擦的理由。因此，除了熟悉雙方立場的納維爾特里屬少數例外，基本上冒險者與勇者是關係惡劣的。

「所以我才不太想來就是了……」

威廉想起自己身為無徵種，而在二十八號懸浮島備受冷眼看待的那段時期。他飄開目光，並且無奈地輕輕嘆息。

「……威廉．克梅修大人。」

櫃檯的姑娘聲音有些發抖地喚了他的名字。

「身分驗證結束了。我們認定您是隸屬讚光教會的準勇者。而且，我們要央請您協助這次一連串的任務。」

「呃～好啊。我全力配合。」

「那……那麼，先麻煩您填寫這份文件。」

「慢著慢著。別用那種方式講話。」

威廉甩了甩手強調：

「只是將小酒館改裝過的公會，總不可能從平時就這麼官腔官調的吧。我現在是幫手，也是伙伴。用正常方式講話。當然——」

他轉頭又說：

「——假如有話想講，就別用眼睛看來看去，直接開口告訴我。」

有十幾個人一起把目光轉開了。在這種情況下。

「……也對。那我就恭敬不如從命吧。」

只有一個男子仍直直地朝威廉這邊看過來。

黑皮膚的大漢從椅子上緩緩起身。他一步一步地靠近，彷彿每步都要踏得扎扎實實。男子的體格實在壯碩，一瞬間，威廉還以為他是巨人族。不可能有那種事。對方是人類。

男子的步伐看似隨便，但並非如此。光從體重轉移與重心分配來看，至少這人不是門外漢。威廉有些佩服。

「你剛才說得沒錯。這裡是小酒館改裝成的公會，說不上多正派。掉一根湯匙都能讓人互相打起來。有的日子，在拘留所或施療院過夜的人甚至比回家的多。我們公會就這套作風。」

「哦。」

這段嚇唬人的詞還真廉價，威廉心想。

口才頂多比三流混混拿常套句叫囂好一點。坦白講，正因為威廉才剛讚許對方的身手，心裡不免感到失望。

哎，即使如此，以流程而言並不壞。

組織高層決定要底下的人聯手。憑這種理由叫人和睦相處是有困難的。像勇者與冒險者這樣本來就相處尷尬的關係自然更不在話下。

至於要解決這種情況，最好的方式就是打開天窗說亮話。能順便出拳相向更好。當然，要是害對方丟光面子就沒意義了，威廉八成得巧妙地放水。

眼前的男子看起來還算頑強。下手重一點似乎也無妨。威廉自己要怎麼挨打才能將受傷演得像，反而才是問題……不知道稍微咬破嘴巴能不能混得過去。

「所以嘍。」

男子把原本直直瞪著威廉的眼睛轉向旁邊。

「你別把小朋友帶進來。我們這裡禁止未滿十五歲的人進出。」

「…………唔？」

「何況你帶的是看起來這麼乖巧的小女孩。我不知道你帶她到處晃是什麼居心，但是這樣對教育不好吧。」

奈芙蓮微微地偏頭。

「呃～」

威廉朝公會裡看了一圈，在場有一半人把眼睛轉開，剩下的全都點頭附和。

「啊……對喔，確實有道理。不好意思。」

「要道歉，你應該向旁邊的小姑娘說才對。」

「好……好的。抱歉，蓮，妳能不能在外面等一會兒？」

「嗯。」

奈芙蓮乖乖點頭以後，就快步離開公會了。

†

三十分鐘後，在繞行寇馬各市內的公共馬車上。

馬車車廂為四人座，目前全都坐滿了。

奈芙蓮眼睛發亮地望著景色逐步往後飛馳。

在妖精倉庫座落的六十八號懸浮島提到車子，頂多只有手推車。並沒有可以載著人高速奔馳的代步工具。因此，對於在六十八號島上長大的奈芙蓮看來，隨著車輪喀啦聲響流向後方的景色本身應該就是新鮮事。

（對她來說，這大概分在與飛空艇完全不同的類別吧……）

假如奈芙蓮有尾巴，肯定正左搖右擺地甩得起勁。她的心情好得讓威廉有這種想法。連馬車跑在別無可看處的寇馬各都這樣了，不曉得帶她到帝都又會如何？

接著，威廉將目光從奈芙蓮身上轉到前面。

眼前的泰德正在捧腹大笑。

「……有那麼好笑？」

「那當然嘍。哎，我也好想看現場耶。要見識威廉先生氣勢輸人的樣子，往後應該好一陣子沒機會了。太可惜啦～」

泰德從聽過剛才在冒險者公會發生的那一幕之後，就一直是這副德行。

受不了，真想扁這傢伙。

「我太小看寇馬各的安逸程度了。沒想到連公會裡都成了溫馨世界。」

「那是沒辦法的事啊。」

泰德一邊擦著眼淚之類的一邊說：

「畢竟這附近沒有地下迷宮，也沒有強悍的自生怪物棲息。真是粗人就會立刻遷籍到相關差事多的別市公會了。目前在編的人員總歸是常識分子居多。」

「常識分子就別當冒險者了，去做正常工作啦……」

「因為他們也有浪漫情懷或野心嘛。」

真虧有這種麻煩的常識分子。

……唉，也罷。威廉不想將丟臉的事情一直放在心上。

「話又說回來了，你啊，真的是準勇者嗎？」

在泰德旁邊，有搭乘這輛馬車的最後一個人——身穿單薄紅色皮甲的女子正朝著威廉打量。

對方年紀比威廉略長，頂多二十出頭。儘管威廉對遭受好奇目光這件事已經習慣了，然而被年齡相近的女性靠得這麼近，難免有些不自在。

「體格瘦弱，整張臉一副發呆樣，還說自己連專用聖劍都沒有。」

她瞥向威廉身旁的奈芙蓮。

「何況你來工作居然還帶著小孩。把這些全部算進去，你看起來一點本事也沒有嘛。」

對於自己的外表缺乏霸氣及魄力這一點，威廉自己也十分清楚。

「哎，我常被這麼說。」

「嗯。答話也沒有半點霸氣。不行啦，這年頭的男人，事事都被動可爭取不到任何東西喔？」

「……嗯，對啦。我有深刻體會。」

嗯嗯嗯嗯——女子蹙眉。

「你真的沒有勇者風範耶。我之前見過的勇者可不是這樣。該怎麼說呢，那個人非常自負。感覺會爽快地說出『要作戰統統由我來，弱者退下』之類的話。」

「啊～……」

準勇者的人數恆常保持在三十人左右。基於工作性質，當中的面孔滿常替換。此外，幾乎所有人都經常轉戰於大陸各地，因此就算同為準勇者，彼此相識的人仍然有限。

在這前提下，威廉無意間想到。過去的準勇者當中，好像確實有那樣的傢伙。

「我知道那個人沒有惡意，實際上他就是比我們強多了，不過，你不覺得他那樣很讓人火大嗎？對不對？」

被要求附和的泰德含糊地聳肩說：「就是啊。」

「所以嘍，聽說這次也要跟準勇者一起工作，我就做了心理準備，反正來的八成又是個令人火大的傢伙。實際碰面卻發現是這樣的乖乖牌。你說，你要怎麼彌補我心裡這種落空的感覺？」

「那算我的責任嗎……？」

「假如不是你的責任，那要誰負責？」

誰都無所謂吧，管他的。

「準勇者也是人，麻煩妳接受人有百百種。」

「唔，你說話真不討喜。」

馬車的車輪似乎輾到了小石頭，車體「匡」地大幅搖晃。

「好了好了，盧季艾前輩和威廉先生，請你們點到為止，差不多該談正事了。」

泰德輕輕拍手。

「談正事可以，但是由你來主持就讓我覺得不爽，席歐泰小弟。」

「說得對，我只要看泰德擺架子就會火大。」

「拜託你們別在這種事情上面一鼻子出氣啦。我做個確認，這次的工作是要運送昏睡男性到市營施療院，沒錯吧？」

「嗯，對啊。」

被稱為盧季艾的女子輕輕點頭。

「他名叫奧德勒．N．葛拉希斯。四十七歲，是個油漆工。和小兩歲的妻子住一起。從陷入昏睡到今天已經第三天。據說是前天早上，太太跟平常一樣去叫他起床時發現的。」

有鴿群拍翅從馬車旁邊飛過。

「呃，盧季艾前輩，我有問題。」

泰德舉手。

「那位奧德勒先生之前作過怪夢嗎，有沒有相關的傳聞？」

「有喔。他好像跟太太提過好幾次，自己曾作了有趣的夢。放眼望去，盡是灰色的遼闊沙漠景象——」

威廉稍稍垂下目光。愛爾梅莉亞也說她夢過那樣的景象。

此外……雖然不知道與事件有沒有關聯……威廉和奈芙蓮對那樣的景象也相當熟悉。

而且，他們不是在睡夢中，甚至也不是在這個夢境裡的世界（唉，真令人混淆），而是在現實世界裡實際見過。

「——那片沙漠中，還有見也沒見過，像野獸一樣的生物在徘徊。」

這也跟愛爾梅莉亞的證詞一致。

此外，也跟威廉他們在現實中的體驗一致。

「——另外，據說他在夢裡有聽見類似歌聲的聲音。」

「歌聲？」

威廉不由得提問。在他所知的大地，即使有灰色沙漠以及〈獸〉橫行於上的身影，也沒聽過有什麼歌聲。

「沒錯，歌聲。旋律和歌詞都想不起來，但他確實記得是歌聲。」

盧季艾說到這裡，就朝手邊的筆記瞄了一眼。

「然後呢，不可思議的是那個奧德勒先生對於那片沙漠、野獸還有歌聲，都覺得懷念無比。而且第一次不如第二次，第二次不如第三次，那種懷念感似乎一次比一次更強。」

「妳覺得他的夢和昏睡詛咒有關嗎？」

「誰曉得啊。從現狀要怎麼解讀都可以，正因為如此才什麼都說不準。只要讓施療院好好檢查過，就會多一點置喙的空間吧。」

說完，盧季艾把目光轉向威廉。

「好啦，身經百戰的準勇者先生，聽到這裡，你有沒有發現什麼端倪？」

然後壞心眼地問。

「這個嘛。帝國、公會聯盟和讚光教會，都握有被視為詛咒元凶的真界再想聖歌隊將根據地設於何處的相關情報。」

「咦？」

「啥？」

兩名冒險者一塊發出了糊裡糊塗的聲音。

「為什麼會扯到那上面？」

「昏睡事件在大陸全土都有發生。儘管如此，公會聯盟卻只在帝國內著手調查。讚光教會則派準勇者來寇馬各市協助調查。帝國和公會聯盟都接納其做法。這套流程明顯不自然吧？」

威廉繼續對滿臉呆愣的兩人說明。

「他們三者應該共同擁有足夠的情報來預測真界再想聖歌隊會以武力抵抗，也有足夠的材料來為這項預測背書。」

「為什麼？」

「哪有『為什麼』，勇者就是為了守護廣大人類而戰的。至少讚光教會是如此宣傳，為了讓世人相信那一點，他們用了許多手段。

而讚光教會在這次的案子專程派勇者來干預。表示教會方面幾乎有十足把握，認為這場仗會演變成全人類的規模。既然帝國和公會同盟都接受讚光教會插手，他們大有可能也具備相同的把握。」

順帶一提，暗中調查真界再想聖歌隊的納維爾特里會停留在寇馬各這裡，早已經可疑至極。何況，威廉還在天上從史旺——大賢者那裡聽過。研發〈獸〉的那幫人是以帝國邊陲的小鎮做為巢穴。

雖然他實在不能連這些都告訴眼前的兩人。

「等……等一下喔？」

威廉被打斷了。

「咦，剛才那是開玩笑的吧！我沒聽說這是那麼危險的委託耶？」

「那之後就要向公會拗補貼啊。」威廉看向窗外說：「我以前接觸過的冒險者，大多都會這樣做。」

「……威廉先生，說這個也嫌晚了，但你真的是準勇者耶。」

泰德一臉像是有所醒悟的表情。

「怎樣，你有什麼意見嗎，泰德？」

「呃，我只是覺得平時親近的人露出意外一面，感覺有點難以置信。」

「我可不記得自己成了跟你親近的人。」

「那我已經有打長期戰的覺悟了，我會慢慢設法克服。」

「跟你說不通耶。」

馬車停止。

「——好像到了。接下來要用走的喔。」

話還沒說完，泰德就打開馬車廂門，跳到石版道上了。

（……真界再想聖歌隊嗎。）

威廉試著在內心默念那個讓人懷念又忌憚的名稱。

那幫人毀了大地。事到如今，那已經沒辦法挽救了。假設威廉就算能在這個世界設法擊潰他們的野心，早已滅亡告終的現實世界也不會因而復甦。基本上為了找到從這個世界逃脫的出口，威廉他們原本就打算堅守觀察者的立場。既然如此，對於這個世界的歷史就不該過度干涉。威廉明白。他明白這個道理。

明知如此，威廉會接下這種差事，是因為一向堅強的愛爾梅莉亞難得露出怯弱臉孔。絕不是因為他被納維爾特里誆了的關係。

（哎……走到這一步，就認真追查看看吧。）

過去掃蕩那些人時查過的情資，還有接下這次委託得到的說明，已經讓威廉掌握到關於那些人的基本資訊。

他們是從讚光教會衍生的宗教團體。雙方共有基本的典籍，在教義上也無多大差異。要提到那些人怎麼會養出兵力和帝國作對，似乎是因為真界再想聖歌隊的教義多添了一句「這個世界原本應有的姿態並不像現在這樣」。他們聽從其教誨，始終致力於剷滅錯誤的世界，想將正確的世界帶給眾生。

對於生活在世上的萬物來說，那就是在添亂。

添亂到最後，他們真的重繪了世界的面貌，因此實在叫人頭痛無比。

從公共馬車的停車處，要到那個叫奧德勒來著的家，仍稍有距離。

四人悠哉地走在位於寇馬各東側，街容略為雜亂的住宅區。

「……哦。」

威廉在路邊發現賣烤栗子的攤販。

寇馬各市近郊的森林中也有許多栗子樹。只要將從那裡蒐集撿來的栗子直接烤過，然後用舊報紙包起來提供給客人，就是一筆幾乎不費成本的生意。每年到了秋天，這種攤販就會出現在市內各個角落，散發出美味的香氣。

到了冬天，攤販數量便大幅減少，但不至於完全消失。它們偶爾就會像這樣冷不防地出現，挑動行人的食慾。這對鎮上居民來說是年復一年的景象，對威廉來說則是兩年不見的鄉鎮風情。

威廉向三人交代「你們等會兒」，接著就跑向攤販。確認火堆上有多少栗子以後，他點了四人份。剛烤好的栗子被舊報紙包起來交到他手裡。威廉收下東西，趕回等他的三人身邊。

「我覺得已經不是栗子的季節了耶？」

「別在意，只是我想吃罷了。」

威廉像用扔的一樣，將包好的栗子遞給等著他的三個人。

「會燙，所以要小心喔。」

奈芙蓮默默點頭並打開包裹。

「烤過的……樹果？」

「無論過程如何，既然來到這個季節的寇馬各，就沒有不吃這東西的道理。」

威廉說著，自己馬上就抓了一顆來吃。好燙。

雖然說已經過了秋天的時令，好吃的東西就是好吃。

（——冬天嗎？）

忽然間，威廉想到一點。

（這麼說來，離我的生日不遠了。）

生日快到了也不代表什麼。就算威廉．克梅修在這個世界迎接了出生後第十七年的日子，和目前人在這裡的他也沒有多大關係。現實中的威廉已經超過五百歲，他總覺得對自己的年齡沒辦法認真看待。

——奶油蛋糕。

——我滿喜歡妳烤的奶油蛋糕。拜託妳在我下次過生日時，也烤個特大號的。

啪噠。

威廉忽然想起自己以前說過的話，抓栗子的手因而停下。

（……對了。）

對他來說，那是沒有守住的約定。

長年以來扎在心頭上，拔不掉的刺。

威廉和珂朵莉互許新的約定。而那個約定，他們都守住了。刺扎在心中的痛因而消失，差點從威廉本身的記憶中變得淡薄。然而。

對於在這裡的愛爾梅莉亞來說，並非如此。

由她看來，從約定的那一天，還沒有經過多久的時間。他們的約定並沒有成為過去才對。因此，威廉的生日近了，就代表履行約定的日子也近了。

「她……」

在威廉的意識後頭，有異樣感被觸動了。

某個地方有問題。明明有這種感覺，他卻想不到是哪裡有問題。

「……威廉先生，你是個怪人耶。」

泰德一邊朝自己的栗子吹氣，一邊說出這種話。

威廉從思索中被拉了回來。

「為何突然這麼說？」

「呃，我以為剛才應該只有我會被排擠，還得聽威廉先生奚落：『沒你的份啦。』因為我這麼自然就拿到一份，才覺得有點訝異。」

啊。

「……原來你都沒想到啊。」

「該怎麼講呢，不是那樣。我這麼做的意思是你想吃栗子，就得對我們家女兒死心。」

「奇怪，話可以那麼說嗎？假如我答應，愛爾梅莉亞就會變成比烤栗子還不值的女生喔？」

唔唔唔。

「你口才變好了。」

「因為威廉先生說來說去還是願意聽人耍嘴皮子嘛。其實我拌嘴也有得到成就感。」

「你的性格倒是變得惡劣了。」

「沒辦法直來直往談戀愛，性子就會拗啊。」

哈呼哈呼哈呼。奈芙蓮似乎是不小心把熱騰騰的栗子直接塞到嘴裡，變得臉紅耳赤地眼睛直打轉。「這個小朋友搞什麼？」盧季艾一邊嚷嚷，一邊跑到旁邊的公用井口取了水過來。對對對，沒吃慣的人都會鬧一次這種笑話，威廉冒出溫馨懷念之情。

「——欸，泰德。我問個怪問題。」

「怎麼樣？」

「萬一……」威廉有些猶豫。「……我遠征沒有回來，你能不能代替我讓愛爾梅莉亞幸福？」

當然嘍！怎麼了嗎？難道近期內有遠征的規劃嗎！那樣的話，請務必包在我身上！啊，雖然這是以後的事，不過我們可以用威廉先生的名字幫小孩取名嗎？

威廉以為對方會如此回答。

「我不要。」

「……嗯？」

「那我才不要。就算是假設，我也不願意去想。」

「為什麼，你不嫌我礙事？」

「當然礙事啊。我常常希望擋人情路的威廉先生趕快被馬踹開。可是那碼歸那碼，這碼歸這碼。不做無法履行的約定是我的主義。」

「意思是，你沒自信讓她幸福？」

「當然沒有。」

泰德一口斷定。

「要讓她幸福地結婚，必須有她最愛的『爸爸』祝福。所以成婚以前，要是威廉先生不留在她身邊就傷腦筋了。我剛才說過吧？我有打長期戰的覺悟。

……啊，不過結完婚以後，威廉先生想消失得多快當然都沒有問題。應該說，最好完婚後就迅速消失。」

「原來是這麼回事。」

在冬天的寒意下，烤栗子的包裹逐漸失去熱度。

威廉一口氣抓了三顆開始變冷變硬的栗子塞進嘴裡，大口大口地啃碎。

「所以說，你有規劃要到遠方的哪裡作戰嗎？」

「呃～……不，沒什麼規劃。我剛才只是問問罷了。」

這並非謊言。但也不是多正確的話。

規劃是有。然而，那是已經消化完畢的規劃。他確實已經去遠方作戰，而且沒有回來。

「……我啊，還打算再活五百年。想要我女兒，就帶著用拳頭克服萬難的念頭放馬過來。」

真是座高牆耶——泰德開心似的笑了。

「那兩個男人聊的事情讓人摸不著頭緒耶……那個準勇者小弟有那麼大的女兒啊，他幾歲？」

盧季艾悄聲詢問奈芙蓮。

奈芙蓮想了一會兒……

「五百四十多歲。」

然後就咕噥著這麼回答。

盧季艾頭痛得用手指抵住太陽穴。

†

一行人搖響門鈴。

可以聽見屋子裡響起了匡啷匡啷的響亮聲音。

「……沒反應耶。」

「好像出門了。奇怪，公會應該有聯絡才對。」

在那個叫奧德勒來著的住處前，四人面面相覷。來到這裡卻沒有成果，實在叫人發愁。

盧季艾用手握住門把，然後轉動。

「咦？」

門被推開了。

「門沒鎖。」

「唔哇，好粗心。這一帶治安沒那麼好吧？」

「不過，這樣不是正好？也許對方只是出門一會兒，我們先進去等吧。」

「咦？等等，請妳等一下啦，前輩！」

盧季艾毫不猶豫地踏進屋內，泰德則跟在後頭。

「以人族的規矩而言，這樣做是可以的嗎？」

「算灰色地帶。」

威廉和奈芙蓮一邊說，一邊也隨後跟上。

地狹屋稠的集合住宅窗戶通常不多，這棟公寓也是。即使在太陽高掛的時段，進了屋內仍顯昏暗，此外，還有種異於外頭寒氣的涼意將肌膚裹住。

——嗯？

威廉微微蹙眉。好像有地方不對勁，他如此認為。

「蓮。」威廉小聲提醒：「稍作準備。」

光是如此，奈芙蓮似乎就正確地掌握到威廉想表達的意思了。她收斂表情，稍微調整呼吸，靜靜地開始催發魔力。

「不好意思～我們進來打擾嘍。」

在威廉下指示的這段期間，盧季艾仍大步大步地在廊上前進，還探頭朝開著的門後面問：「葛拉希斯先生，不在的話麻煩應聲——」

利刃無聲無息地逼近她的頸子。

金屬聲響。

「……什麼？」

盧季艾糊里糊塗地開口。

無光澤的黑色刀身在千鈞一髮之際被攔得正著。

擋下利刃的是公會批售給眾多冒險者且作工平凡的短劍。用來砍草叢、切繩索、支解野獸都方便的好東西。只不過不太適合用於戰鬥。

砰。宛如用大槌把牆敲垮，撼動下腹部的大聲響。

黑色刀身連同握著刀柄的披風男子一塊遭到猛然震退。

「咦？」

威廉穿過發出疑惑之語的冒險者身旁，然後溜進房裡。

有別於剛才他揍飛的男子，還有三個詭異男子全都身穿附風帽的披風，還手持同款黑色曲刀朝他砍來。其步伐何止毫不紊亂，更沒有聲音。光看身手就知道三人全都相當老練。

這把短劍已經不能用了吧。

擅自從泰德腰際借來的那玩意兒，在剛才用來擋刀時，劍身就被利刃砍進一半了。要是再重複一次相同舉動，短劍顯然會輕易折斷。因此，威廉毫不猶豫地將其拋向半空。

威廉稍微催發魔力，觀察咒脈。什麼也看不見。換句話說，這些人不用魔力或類似的力量。了解到這點就夠了。

他深深吸進一小口氣，停住——然後衝刺。

一名男子的身體突然垂直彈起。被砸到天花板的他幾乎撞破屋頂，發出爆炸般的衝擊聲響。其餘男子的視線反射性地往那裡聚集。威廉收拳並採取行動。視線聚在一處代表容易估計死角，連假動作都不用就可以趁虛痛擊。他壓低姿勢，鑽進暗處及陰影的空隙，狠狠出招輕取另一名男子的頸根。

剩下一人。

威廉稍稍吸氣，只留下「唰」的些許聲響，就以超乎常識的速度拉近敵我距離。他將身體貼向最後一人跟前，用拳頭觸及其側腹，要對方一招倒下——

威廉扭身。

迴避動作驚險趕上了。黑色刀身掃過片刻前威廉脖子所在的位置。被刀尖勾住的領口釦子遭扯開飛到半空。

（——鶯贊崩疾被看穿了嗎？）

這並非值得訝異的事。畢竟鶯贊崩疾很有名。實際會用的人雖少，招式名稱與內容卻廣為人知。因此，只要有意將與人搏鬥的技術練到某種境界以上，就算自己使不出這招，會預先想好要如何對付練成鶯贊崩疾的人也不足為奇。

你的技倆被看透啦——男子的眼睛如此笑了，威廉有這種感覺。

（哼。）

威廉再次當著對方眼前衝刺。起手勢與方才幾乎相同。男子反射性地提防鶯贊崩疾，曲刀一掃，打算將利刃擱在威廉使出身法後會行經的路徑，接著——

後頸受重擊的他翻白眼昏了過去。

威廉可沒有好心到會對人一再重施被看穿的招式。剛才他用的是只有起手勢仿效鶯贊崩疾的「蜃景步法」。而且，常人並不會設想一名戰士同時能運用多種源流迥異的步法。男子直到最後，應該都不明白自己為何會被威廉繞到後面。

泰德那把被拋高的短劍，此時終於落在地板，發出了清脆聲響。

盧季艾當場癱軟坐到地上。

大喊「剛才是什麼聲音！」的泰德連忙趕到房裡。

而奈芙蓮——則一邊讓催發的魔力平息，一邊擺著有些不悅的臉色。她大概是不滿自己無事可做。

「呼。」

威廉將胸中的疙瘩連同嘆息一起吐出。

剛才並沒有苦戰。然而，他也在想自己是不是還能贏得更輕鬆。

像這種時候，換成本來就把蜃景步法練到爐火純青的納維爾特里，應該在第一次出手就能讓待在遠處的三個人同時腦袋搬家。換成史旺，瞬間就能發動將所有人制伏的咒蹟。假如是西爾葛拉穆，用不著出拳就能靠大聲一喝讓所有人昏倒。換成艾米莎……應該整間屋子都會被魔力炸飛吧，大概。

威廉身上沒有任何一項絕技像他們那麼強，只能靠樸素的招式搭配，因時制宜地設法應付自己遭遇的狀況。

因此，威廉就把那些樸素招式的搭配套路練齊了。即使碰到一兩招不管用的狀況也完全不會傷腦筋，而且在大多數戰場都找得出接近最理想的作戰方式。他交出了戰果，也被納維爾特里取了「最強準勇者」這樣的渾名。

然而，應付終究只是應付。就是因為跨不過那道牆，他才在牆壁前改招換式跳個不停罷了。

原本就會的技倆練得再靈活，還是無法辦到超出能力範圍的事。就算能隨心所欲欺壓比自己弱的人，也改變不了無法贏過強者的事實。

當然，為了這種事消沉也沒用。威廉內心明白。執著於自己沒有的東西也改變不了什麼。為了有能者才存在的工作，就要交給有能者才聰明。世上正是藉著如此分工來運作的。

——希望親手保護他人。希望變得有能力保護他人。

與如此希望而初次拿起劍的那一天相比，威廉認為自己應該已經長大了。

「好……好厲害……」

威廉聽見盧季艾傻眼似的聲音才回神過來。

「該不會是之前提到的真界什麼來著那幫人吧！」

而泰德——對狀況掌握得意外迅速。他拔劍並且毫不鬆懈地注意左右。滿有架勢的嘛，等級8，威廉感到佩服。不過，遺憾的是戰鬥已經結束了。

「泰德。」威廉用手勢指示他收劍。「你的工作在那邊。」

轉眼看去，在房間裡面的角落，有個老婦人正嚇得發抖。

「啊……難道您是葛拉希斯夫人嗎？」

老婦人猛點頭。

「太好了。」

泰德和氣地笑了出來。

「我們是公會派來接奧德勒先生的人。現在沒事了，請您先安心吧。還有可以的話，之後能不能請您將事情詳細告訴我們？」

只見老婦人逐漸放下戒心。

泰德待人親切，嘴巴也靈活。威廉會用的戰技再豐富，也模仿不了泰德。而且以為人來說，恐怕像泰德那樣才是正確的。

他們將沉睡不醒的男子奧德勒・N・葛拉希斯帶回公會。

同時，也把用繩子五花大綁的那些偷襲者交出去了。

照葛拉希斯所說，那幾個男子是在公會人馬——也就是泰德他們——抵達前夕闖進來的。他們無聲無息地打開理應上了鎖的門，一句話都不說就將夫人制伏，還打算把沉睡的奧德勒先生搶走。

換言之，要是冒險者們來得再晚一點，或許他們就帶著奧德勒先生一起消失了。運氣真好，多虧星神保佑，葛拉希斯夫人熱淚盈眶地頻頻重複這些話。

（多虧星神保佑，是嗎？）

威廉倒認為沒那回事，但這種真心話實在說不得。

遠古的星神早已滅亡了。存活下來的星神艾陸可・霍克斯登想殲滅人類，結果反被正規勇者討伐（理應是如此）。無論人們再怎麼信仰祈禱，在這個世界，已經沒有能聆聽那些聲音的存在。

「——那是強到需要勇者插手的敵人？」

盧季艾問了這樣的問題。

「這個嘛。市井出身的冒險者要應付會有點吃不消吧？」

「呃，與其說吃不消，要是你不在，正常來想我已經死了耶。」

那倒難說。假如威廉沒有攔住那一刀，感覺對方似乎會在造成皮肉傷以後就停手。儘管生殺大權應該會落在敵人手上這點仍舊不變。

「妳是覺得勇者連累你們遇到危險嗎？」

冒險者和勇者之間多有摩擦。

照威廉本身的體會，他認為最大的理由就是這一點。只要有勇者在，就代表那是相當危險的戰場。而且，對危險的恐懼會拖垮正常判斷力。眾人會指責勇者才是帶來危險的元凶，將他們當成瘟神。

假設在勇者到達戰場以前，出現了任何一名死者。那之後不管他們再怎麼奮戰，都會被追究人命折損的責任。眾人會丟石頭咒罵都是他們害的。而且，勇者當然不許抵抗或反駁。這是常有的事。雖然威廉並沒有習慣，但他接受了。

「沒有，被救的是我，我根本沒理由生氣就是了。」

盧季艾爽快地告訴威廉。

「倒不如說……嗯，坦白講，我還覺得你挺帥氣。」

她甚至把目光轉向旁邊，對威廉說出這種話。

仔細一看，盧季艾的臉有點紅。當真嗎？

「啊，抱歉，不過我不是那個意思。該怎麼說呢，我並沒有喜歡上你。再說總覺得競爭會很激烈，而且你好像有個年紀大的女兒，還有就是——」

盧季艾「啊哈哈」地笑著講出殘忍的話。

「你似乎不是願意跟別人一起幸福的那種人。」

——啊，原來如此。

威廉坦然到不可思議地接受了那句話。

聽起來，那句話十分正確地形容了威廉這個男人。

他總是希望能讓別人幸福。

可是，反過來說。威廉曾希望由別人來讓他幸福嗎？

——假如能讓五年後、十年後的你幸福，對我來說也是美好的事情。這就是我覺得自己可以和你締結連理的最大理由。

威廉想起妮戈蘭不知道什麼時候跟他說過的話。

當時，他沒能接受對方的好意。

他無法直視女方想讓名為威廉·克梅修這個人幸福的意志，而回以「拜託讓我當成沒聽過」這樣糟糕透頂的答覆。假如是妮戈蘭，應該連糟糕成這樣的答覆都能笑著容忍，威廉在依賴這樣的她。

「奇……奇怪，我該不會說錯話了吧，我戳破什麼痛心的回憶了嗎？」

「呃，不是那樣。」

威廉曖昧地笑。

「妳有看人的眼光。我想妳完全說中了。」

†

搬運奧德勒以前，威廉向夫人徵求允許，稍微檢查了他的身體。

結果先前的研判嚴重失準。

無論威廉再怎麼加強咒脈視力，也無法從奧德勒身上看出施加詛咒的痕跡。就算他對身體各處進行指壓，確認眼球動作，也找不出值得議題的異狀。對方看起來只是靜靜地沉睡著。

「——假如他是詛咒實驗的受害者，不可能感察不到咒力。他的昏睡屬自然現象，與散播的詛咒無關……有這樣的可能性。」

威廉喃喃說著。

「那種情況下，代表詛咒真的是隨機散播，聖歌隊陣營也沒有掌握那會對誰生效。那些男子會來襲擊，是因為他們本身沒能得到昏睡者的情報，才想插手搶奪公會獲得的情報？是納維爾特里所說的內應在搞鬼嗎——」

他繼續喃喃說道。

「威廉。」

「對方真正在研究的是〈獸〉，昏睡世界就現狀來說屬於無法操控的副產物。為了操控這種現象才要收集樣本？這條思路倒還有可能，不過那樣一來，問題在於他們為什麼會夢到未來的大地光景——」

「威廉。」

「要給予不特定多數的人預知能力？雖然理由及原理都不清楚，只看結果也有足夠的可能說得通。可惡，沒辦法釐清——好痛！」

威廉被奈芙蓮捏了屁股。

「……妳做什麼啦？」

「我覺得，明明叫了名字卻沒有聽進去的人才有錯。」

她看似不悅地微微噘著嘴。

「怎樣，有什麼事情嗎？」

「當然有。你不要自己一個人思考。」

威廉的衣袖被她輕輕抓住。

「感覺挺稀奇的耶。妳平常都毫不客氣地黏著我吧？」

「那是因為放著不管，你好像就會崩潰。」

這麼說來，威廉覺得之前好像也有被講過類似的話。

「那妳現在為什麼要客氣？」

「……因為就算放著不管，你好像也不會崩潰。」

「嗯？」

「因為會崩潰的，好像只有我一個。」

「妳在講什麼？」

「……沒事。忘了我說的。」

奈芙蓮只抓著威廉的衣袖，走在他旁邊。

「是喔。」

威廉隨即抓住奈芙蓮的頸根，把她抱到身旁。奈芙蓮「呀」地小小尖叫出來。

「哈哈，妳果然很溫暖。」

「……我並不是暖爐。」

「我知道啦。」

威廉用手指亂撥奈芙蓮的頭髮……原本他想，但是作罷了。

奈芙蓮似乎已經放棄逃跑，就乖乖地貼著威廉，並且抬頭問他：

「所以說，你曉得作夢的人是誰了嗎？」

「嗯？那個嘛，目前曉得的有愛爾，還有剛才的奧德勒先生，然後……記得公會那邊好像有名單……」

「我不是那個意思。」

奈芙蓮落寞似的搖頭。

「這個世界，是某個人所作的夢。然而這並不是由你的記憶創造出來的。應該有某個比你更熟悉這座城鎮的人……之前我們不是這樣討論過嗎？」

——啊。

「你忘記了？」

「呃，倒不是那樣。」

目前來看，這座冒牌的寇馬各市實在太像真貨。

連似乎沒有人會在意的小地方，都經過仔細雕琢。越是調查，越是在此生活，就越是只能做出這樣的結論。

（——以單一某人的記憶為基礎……或許這個前提才是有問題的。）

考慮到這座城鎮的重現度，還有奈芙蓮找來讀的書，想成將複數人的記憶像拼圖一樣加以組合會比較妥當。雖然不知道以理論而言是否可能辦到那種事。

（……嗯？）

憑單人記憶無法創造的世界。即使用兩三個人的記憶來湊合，大概也不夠。可是，假如換成一百人的記憶又會如何？

或者說，要是以千人為單位，又會變成什麼樣？

過去的寇馬各市，人口大約有三千人。假如把那些人擁有的記憶全部擷取起來，不就可以重現出一座無比接近真實的城鎮了嗎——

「……莫非。」

威廉覺得這是異想天開。但他同時也覺得，若是用這套想法，幾乎就能解釋現狀的各種特殊性。

比如這裡的人們看起來像是各自擁有意志在活動，就是因為他們全都跟威廉和奈芙蓮一樣，屬於「受困」的一方。當事人之所以毫無自覺，是因為他們早就成為這個夢境的居民了，這樣想就說得通。

倘若如此，這個世界廣大得可怕。尋常的惡魔要誘人入夢，基本上對象都是個人。即使偶爾會一口氣讓複數人沉淪，頂多一隻手就能數完才對。應當有超乎常軌的力量被用來創造並維持這個世界。

這樣一來，其目的是什麼？

威廉和奈芙蓮在這個世界生活至今，卻沒有見到疑似惡魔用來讓他們屈服沉淪的把戲。

扯上真界再想聖歌隊的事件乍看下有那種味道，可是太委婉了。這幾樁事情給威廉的印象，倒像是為了避免讓世界本身的整合性走樣才刻意不動手腳，甚至任憑事件照著史實來發展。

假如這些環節有某種意義的話。

（敵人的目的——在於讓這個世界保留史實的原貌嗎？）

……不，先等等。冷靜下來思考。

這項猜測大概不正確。因為有威廉．克梅修和奈芙蓮兩人在這裡。

假如要按照史實保留地表世界在末日前夕的原貌，沒道理將兩個局外者納入從一開始就已經完成的世界裡。這兩個人身為無從轉圜的異分子，光是存在就會讓史實逐漸扭曲。

光能見到不應該見到的某個人，歷史就已經遭到破壞了。

「……即使是夢境，即使是冒牌貨，愛爾梅莉亞他們就在這裡，是嗎？」

「嗯？」

「沒事。從明天起，我打算加把勁來翻掘這個世界。」

敵人的用意無法確定。威廉連敵人要守護史實或者改動史實都不清楚。既然不清楚，那麼想了也沒用。既然如此，大刀闊斧地採取行動來攪和歷史也是個法子才對。

比方說，今天威廉將真界再想聖歌隊的那群人擊退了。那應該具有相當大的意義。在原本的歷史中，對方執行任務理應是成功的，奧德勒會落入他們手裡。任務沒有達成，聖歌隊的研究將稍微延緩……或者大幅停滯才對。

為了從這個世界破圍而出，要先救這個世界。

總之，威廉認為先那樣就好。

——感覺有人在看著他們。

威廉回頭。

由於離傍晚市集的時間近了，行人眾多。威廉放眼朝龐雜的人群望去，然而既沒有人把臉朝著他這裡，也沒有熟人身影。

難不成是心理作用？

「威廉？」

「……啊，抱歉。」

恐怕是情緒亢奮所致。好比看完驚悚片的映晶石之後，連窗簾搖晃都會看成是恐怖的妖怪。

在懸浮大陸群長期遠離實戰的和平生活，似乎從身經百戰的準勇者威廉身上剝奪了在戰場的平常心之類的事物。

「開始變冷了。我們早點回去吧。」

「嗯。」

冬天太陽下山得早。

兩人混進急著返家的人群裡，匆匆踏上了回養育院的路。

「無法取回之物」
-eggs had a great fall-

5. 緋色頭髮的少女

差點被發現。

少女用手掌緊緊捧著小鹿亂撞的胸口。

她一次又一次深呼吸。氣息和心跳逐漸鎮定。

少女仍躲在無人的死角，拚命讓心思鎮定。

『怎麼啦，忽然一會兒停一會兒躲？』

在少女耳邊，從理應什麼都沒有的虛空中傳來了女性嗓音。

少女眼前的空氣緩緩搖曳。彷彿在透明玻璃容器中注入酒液似的，長著澄澈朱銀色鱗片的空魚輕舞般地現身了。

空魚以不藉音波傳導的 說話聲朝少女細語。

『……妳剛才看的男孩子有點奇怪呢。他的靈魂色澤並未褪去。總不可能和現實肉體還相連著吧。』

「……明明，不可能會那樣的……」

『哎呀，怎麼臉紅了呢？對方是有那麼點帥，妳迷上他啦？』

「不是那樣的！」

少女霍地轉向空魚。

「那個人是**威廉**！他明明不可能在這裡的！」

『威廉……喔，就是妳說在天上見過那孩子的二等技官？』

少女猛點頭。臉龐紅得像煮熟了一樣。

『哎呀呀，所以說，該不會是那麼回事吧。這個世界的時間會突然從上週起開始運作，也許就是因為接納了那個新的男孩子嘍？』

「我想……大概沒錯……」

『那不是正好嗎！那孩子非常厲害對不對，彼此想離開這裡的因素應該都一樣，只要我們揭露身分，他說不定會幫忙！』

「辦不到。因為，他大概非常恨我。」

少女緊緊握住拳頭。

「我想，那個人知道我是誰以後，肯定會非常痛苦。」

『……妳怎麼在第一次見面之前就把關係弄複雜了呢？』

空魚傻眼似的將尾鰭擺了一圈。

『這樣的話就沒辦法了，只由我們來動手吧。雖然日期似乎稍微錯開了，但這個世界也即將迎接**那個日子**。我們要趁機找到妳在這個世界的自我，並將其解放出來。』

「嗯。」

一轉身，空魚畫圈似的當場輕舞，身影逐漸消融於虛空。

少女一邊回答，一邊戰戰兢兢地從暗巷的死角探頭出來。

她在傍晚人潮的另一端，尋找某個青年的背影。

找不著。他已經走離這裡，去別的地方了。

『妳果然還是在意他？』

「……才不是那樣。他又沒有多帥。再說，我的品味不像**珂朵莉**那麼差。」

少女搖頭，然後，再度走進暗巷當中。

『真注重長相呢。』

緩緩擴散的夜色像是要將少女包裹住一樣，將她的背影藏了起來。

「嘆月的最初之獸」

-a piece of cake-

1．最初的一人

——啥，你說你想當勇者？

威廉記得自己頭一次找師父商量那件事情時，所看到的表情。

好似開心也好似難過，好似感興趣也好似跌破眼鏡，總之就是百感交集的複雜臉色。

現在回想起來……威廉也可以理解當中大約一半的情緒。比如養育院的法爾可向他宣言「我也要成為勇者」時，自己內心湧上的複雜想法，大概就與之相當。

喜的是對方崇拜著扮演父親角色的自己，有意追隨於後。

悲的是對方心目中理當光彩亮麗的「勇者」偶像，八成會立刻被玷汙摧毀。

怒的是明明還有許多志向可立，為什麼要特地挑這條難走的路？愛的是少年即使如此依然要追求夢想的純粹。

——啥，你說你要保護養育院（這個家）？

——你傻了嗎？想保護家裡，手段多的是吧！何必挑世界上最苦的方式？

不過，威廉還是覺得有所不同。

師父當時所懷的情緒，似乎比他剛才回想時，種類要來得更多。

——知道啦知道啦。教就教。我來當你的師父。

——可是呢，我不相信你有天分。我會從一開始就打著將你甩掉的想法拚命衝，你就盡力跟上來吧。

師父的話，正確得叫人難過。

威廉・克梅修既沒有天分，也學不會前正規勇者尼爾斯・D・佛利拿教授的大部分劍技。能喚醒的聖劍更只有最低階的量產品。

而且，後來有某個不請自來的囂張女人（黎拉）也跟著拜師，威廉身上所缺的東西她都有。她學會了一整套專屬於勇者，據說威力足以破除萬難的劍技，連公認最難馴服的極位古聖劍都被她輕易地喚醒了。

——要放棄也可以喔？

——別做不適合你的事情，回養育院去吧。

師父當時既沒有高興也沒有生氣。

沒有傷心，也沒有憐憫。

他只是眼裡洋溢讓威廉感到陌生的情緒，溫柔地苦笑著。

†

沿著流經市內的水渠，有一小條路可供散步。

在白天，那裡是市民的休憩場所之一。有人散步，有人慢跑，有人搭小舟遊覽水渠，有小提琴手演奏快活樂曲討賞錢，有畫家豎起畫架想將那樣的景象納入圖畫當中——

然而只要太陽下山，那些人就會一個不剩地回家。

如今，眾星照耀著的那塊地方，只有一名男子坐在長椅上仰望月亮，還小口小口地把酒往嘴裡倒。

「——找你可久了，納維爾特里。」

威廉一搭話，那名男子便緩緩將臉抬起了。

「唷，老弟……在這裡碰上還真怪。」

「還不是因為你要待在怪地方。」

促狹答話的威廉在納維爾特里旁邊坐了下來。

「難得看你醉成這樣。」

「我還是不太中意帝國的酒。再怎麼喝，也不能醉得開懷。」

「那是只有酒造成的嗎？」

「原因或許在我自己身上就是了，不過都一樣。反正我跟這種酒結不成緣分，如此而已。」

納維爾特里一邊說，一邊將裡頭還有剩的酒瓶隨手扔掉。漆黑中，從渠道傳來了「撲通」的微微水聲。

「亂丟垃圾要罰錢。」

「官府開了我就去付。身為男子漢，分手可不能吝於花錢。」

「你現在立刻給我向全人類的半數賠罪。」

唉——威廉嘆氣。

他當然不是為了扯這些才來這裡。

「關於真界再想聖歌隊，我做了一些調查。」

威廉一邊茫然望著黑色水面，一邊訴說。

「武斷來說，宗教就是『共同擁有明文化常識的團體』。任誰都信任不了與自己沒有共通常識的人。因此擁有不同信仰的人容易將彼此看成非常識分子，導致紛爭不休。為了防止那種事，每個國家都設有國教，以統一國內的常識。」

納維爾特里一臉茫然，點頭低聲說：「是啊。」

「……聖歌隊信徒共有著『這個世界並未處在原本該有的姿態』這樣的常識。非常的異想天開，而且脫離常識。跟打從心裡相信這種論調的人是說不通的。因此他們與旁人對立。能理解的只有同享相同教義者。因此關係會從內部鞏固；與外界的衝突則隨著時間加深。到最後，那些人就會開始認為必須將周圍不理解真理的人清除乾淨，讓世界呈現真正姿態……」

呼——威廉小口嘆氣。

「所有人對聖歌隊，都有那樣的誤解。」

納維爾特里的目光微微閃爍。

「再說下去讓我聽聽。」

「即使在外人看來全是一樣的怪傢伙，從內部來看仍會有各式各樣的人存在。聖歌隊並不是從裡到外都團結。

他們共有的常識是『這個世界並未處在原本該有的樣貌』。接下來，想法就由此分成了兩派。認為該讓世界回到原本姿態的一派，以及想設法維持現有虛假世界的另一派。還有，聖歌隊在九十七年前首度創教時，教祖是提倡後者的理念。換句話說，真界再想聖歌隊原本並非企圖將世界大肆改造的組織，對吧？」

「至少和我這裡握有的情報並無矛盾。你說完了嗎？」

「不。剛才說那些，只是想確認那幫人當中也有對立兩派存在的前提。我真正要問的事情在後面。」

威廉深深吸氣，然後吐氣。

目光依然向著水面的他，淡淡問道。

「納維爾特里，問題是你屬於哪一派？」

漫長的沉默。

「你怎麼察覺的？對於我是聖歌隊的人這件事。」

「搞什麼，居然真的說中啦。我只是試探看看罷了。」

「……威廉老弟？」

「有一半是玩笑話，你別擺那種臉。

那群人打算綁架昏睡者的行動，時機實在太過湊巧。我清查了公會中的情報流向。於是，我發現有個傢伙透過可疑途徑竊取情報的記錄。循著那條線一查，你的名字就冒出來了。

還有別的破綻。你宣稱自己對其他準勇者存疑，寇馬各只有我們在，你卻沒有離開的動靜。所以說，我才懷疑你是不是根本就曉得，目前沒必要進一步調查或警戒準勇者當中的叛徒。」

「稍有嫌疑而已嘛。光這樣就算在我頭上？」

「所以我才說有一半是玩笑話。還有一半是認真在試探你。」

有「嘩啦」的水聲微微傳來。大概是魚或什麼動物蹦出水面了吧。

「然後呢，你沒想過被說中身分的我，會動手將你封口嗎？我想你也知道，我對暗殺之類可是挺擅長的喔？」

「我想你同樣知道，我挺擅長反過來將暗殺者收拾。」

威廉發出咯咯笑聲。

「基本上，你自己說過吧。懷疑同伴是你現在的差事。

既然如此，懷疑你就不是我的差事。管你是聖歌隊或什麼。你才不可能去幹暗殺的勾當。」

「鬼扯。」

「無所謂，在我心裡說得通。」

「你連看開的方式都爛透了。」

納維爾特里聳肩。

「……我呢，屬於打算保有目前這個世界的派系。跟你所說的大改造派那幫人，在檯面下處於相互對立的關係。雖然我能進一步透露的事情並不多，你有沒有問題要問？」

被問到的威廉想了一下。

當然，他想知道的事情多得是。不過，當中拿來問納維爾特里有意義的問題並不多。

「你們所說的『原有面貌的世界』，是指在什麼都沒有的灰色荒野中，只有奇特獸類到處橫行的那種地方嗎？」

「答對了。那有個名字叫原世界風景。」

「改造派的人為什麼會樂於追求那樣的世界？」

「理由可多著。既有人想操控獸以及荒野化來用在戰爭，也有人相信無論如何只要能讓萬物回歸應有面貌就是正確的。如果借用剛才你所說的話，那就是他們的常識。」

「你們攔得住那些人嗎？」

「那個嘛——」

原本想說些什麼的納維爾特里，在露出稍作思索的舉動以後，就閉上嘴。

「喂？」

「……根本不必阻止啦。他們的主力在兩年前就被打垮了。只剩比小嘍嘍還不如的人才跟些許物資。事到如今，根本沒辦法有像樣的作為。」

這傢伙在說什麼？威廉心想。

不可能有作為？怎麼會。如今那些人不就導致昏睡事件發生了嗎？

「用不著那些人盤算些什麼，末日就近在眼前了。」

納維爾特里口氣乾脆地講出微妙地讓人聽不懂的話。

「目前人類這個物種需要的是星神的靈魂碎片。為了補充正在做準備。在那一天來臨前，會設法趕上給你看的。」

「呃，我不太懂你在說什麼。要講術語就解釋清楚。」

「……哎，意思就是形勢勉強還算好。進一步的詳情，我不能說。」

對方用曖昧的笑容敷衍威廉。

「我可以相信你嗎？」

「懷疑同伴不是你的差事吧？」

被這麼一說，威廉總覺得不好多追究。

「有沒有我幫得上忙的事？」

「只要你肯相信並等待，那就行了。我明白你的力量，但這不是靠力量就能解決的事——啊，不對。」

忽然間，像是想到要緊事的納維爾特里搖頭。

「我只想問你一件事。你知不知道尼爾斯前輩的下落？」

「臭師父？」

威廉突然被問了奇怪的問題。

「聽說他好一陣子以前去了帝都就一直沒消沒息。我想，他遲早又會在麻煩的時間點突然跑回來。怎麼了嗎？」

「沒事，不知道沒關係。假如他回來了，立刻通知我。」

納維爾特里交代完這件事便就地起身，彷彿意謂談話到此結束。

「是他的話，一定知道要怎麼從末日中拯救這個世界。」

2. 公會的冒險者們

寇馬各市營施療院傳出了一項傳聞。

據說，半夜在特殊病棟會聽見歌聲。

那歌聲似男若女，既像小孩也像老人，有如情歌也有如思鄉之曲——據說每晚都有這般來路不明的聲音響起。

會是某個住院患者在唱歌嗎？當然也有人這麼想。然而目前入住特殊病棟的，只有原因不明仍在昏睡的五名男女。而且，由於有來歷不明的武裝集團在打他們的主意，全天候都警戒森嚴。更無外來者入侵的餘地。

既然如此，能想到的可能性只有一個。

是被拖進灰色世界夢境而昏睡不醒的患者們在唱歌。他們想藉著那聽起來既懷念又令人心裡發毛的旋律，將周圍的人拖進同一個夢裡……

「別說那種故事啦！」

盧季艾微微發抖。

「我今天晚上被排去支援那邊的警備了！要是看見不該看的東西，你怎麼負責！」

「哎，看前輩那樣的反應很好玩，我忍不住。」

泰德開朗地笑出來以後，鼻子上就挨了重重一拳，摔得人仰馬翻。

「你再用沒品的方式嚇唬女孩子，遲早會被修理喔。」

「……剛才那個不算『修理』的話，我覺得以女生而言值得非議耶。」泰德被惡狠狠地瞪了。「沒事。」

當然，施療院這種地方一向都有類似的怪談故事。

要是風吹得強了一些，隔天就會不知由何編出紅顏薄命的少女思念著未婚夫死去的故事，還在求診的患者之間傳得煞有介事；將病棟二樓的窗簾換成白色，翌日便有憎恨生者的白斗篷怪人傳說誕生，讓孩子們聽得眼睛閃閃發亮。

所以不深入思考或許也無妨。

歌聲的真面目也許是從窗口吹進來的風，也可能是附近野貓的啼聲，也可能只是某間偏遠的房子裡有人心情好哼歌而碰巧被聽見罷了。所以沒有什麼好奇怪的。

然而，即使如此，會怕的東西就是會怕。

「唔唔～……像這種時候，我要不要乾脆帶耳塞過去……」

「我們做的是警備工作，還是認真豎起耳朵吧。」

「你以為是誰害我在煩惱的啊！」

在冒險者公會角落的桌子。兩人正用杯子喝著廉價果實酒。

昏睡事件的調查從那之後就不太有進展。昏睡者數量逐漸在增加。性別及年齡皆無共通點，從經歷或生活習慣也找不出什麼蛛絲馬跡。

關於真界再想聖歌隊那幫人的根據地，到現在也沒有任何情報。寇馬各市是人口僅三千左右的小城鎮，卻不知道對方到底躲在哪裡。不，追根究柢，這裡真的會有那所謂的根據地嗎？

一開始發動偷襲的那群人始終都保持沉默。拷問及類似性質的咒蹟為國際憲章禁用，只要他們不開口，公會就無計可施。

從他們偷襲之後，往後只要繼續有被害者出現，或許同樣的偷襲就會反覆上演，所有人對此都有了覺悟。覺悟本身無疾而終，也許可以想成是唯一的好事。

感覺上，似乎不會再有光靠冒險者無法應付的危險了……情況演變成這樣，盧季艾最近也就沒有跟那名青年準勇者搭檔。對方似乎也忙著獨自進行調查，連到公會露臉的次數都變少了。

所以，盧季艾有一陣子沒見到他的臉。

「……呃，我想談關於威廉小弟的事。」

「好的。」

「他並沒有結婚，對不對？」

「對啊。因為他是養育院的實質負責人，差不多也等於有好幾個小孩就是了。」

唔～小孩啊。

盧季艾灌了一口酒到喉嚨，然後思索。她不擅長應付小孩。

「啊，不過好像有一堆女性跟他很親近喔。而且都是名氣響亮的人。」

「嗯，比如說呢？」

「像大名鼎鼎的正規勇者黎拉·亞斯普萊，據說就相當於他的師妹。」

咳。盧季艾的氣管被酒嚴重嗆到了。

「另外，要是提到我們冒險者熟知的名字，我想想喔。他跟艾米莎．霍德溫還有凱亞．高特蘭聯手上過好幾次戰場。」

「超……超過30級的那些人嗎！」

冒險者們會透過等級數字來粗略掌握彼此的戰鬥力。因此，等級出眾的人必然會高名遠播。

「要測等級的話，威廉先生本人似乎也超過30嘛。」

「……唔～」

原來如此，盧季艾倒不是無法認同。

畢竟之前看過一次他跟人交手，該怎麼說呢，實在是技壓全場。

「他……他自己是怎麼想的，有沒有提過誰是真命天女？」

「前陣子威廉先生說過，他有找到非常棒的對象，就跟對方求婚了。」

死會了嘛。盧季艾的額頭撞在桌上。

「沒聽他提到對方是誰。雖然感覺好像是我不認識的人。」

「唔～……那大概沒希望了……」

「我個人不太推薦他耶。盧季艾前輩，要是妳有了男人，這個公會八成會見血。」

泰德轉過頭。

同一時間，有近十個豎著耳朵的男人紛紛坐回座位，翻開書本，碰倒酒杯，開始裝模作樣地看向窗外。

「我鍾情於愛爾梅莉亞所以沒關係，可是，這裡想追前輩的人還滿多的喔，要是那些人全都淚灑情場，不知道會有什麼後果耶？」

誰管那麼多啊？盧季艾心想。

當他們有想追的女人卻沒有採取任何行動時，就稱不上想追了。充其量只能算是憧憬。他們無意在現實中將想要的女人得到手，只是不由自主地抱有欣賞的想法。

既然如此，那樣的人遲早都得在情場上掉淚。差別頂多是一年後被甩，或現在被甩而已。

「我現在要怎麼消化想哭的情緒啦？」

「比如埋頭工作把事情忘掉啊，我覺得那種方式不錯。」

「工作……」

牆上的鴿子掛鐘發出咕咕咕的傻氣報時聲。

公營施療院的警備換班時間正在逼近。

「……嗚哇啊啊啊。」

盧季艾趴到桌上。

「不要緊啦，現實中根本沒有妖怪。」

「要是出了什麼事，我頭一個就詛咒你～……」

「就說沒什麼了。剛才聊的不過是傳聞。好啦，請妳起來上工了。」

「不要～我不要去恐怖的地方～我要回家～！」

3. 為了誰

愛爾梅莉亞感冒了。

「……要準備晚餐才行。」

「妳躺著吧。」

威廉把打算起床做家事的少女按回床鋪。

「煮飯的話，現在有娜奈狄下廚。」

「只有她一個，我會擔心。」

「平時都是她在幫忙妳的吧。那就不要緊。蓮也陪在旁邊，對火和刀具都不用擔心。」

要擔心的反而是味道，這話威廉說不出口。姑且不提。

「可是。」

「妳偶爾也要休息。妳的身體原本就不算好吧？」

「話是那樣沒錯……」

愛爾梅莉亞似乎並沒有接受，但他仍然把話吞回去，乖乖地讓頭沉進枕頭裡。

「總覺得好懷念。」

「懷念什麼？」

「我生了病，然後有爸爸陪在旁邊。」

「咦，是嗎？」

威廉回想。的確，印象中好一段時間沒遇到那種情形了。

「欸，偶爾讓我撒嬌可以嗎？」

「嗯？」

「假如我又說『不要走』，你能不能握住我的手？」

——難得聽她說出這種話。威廉心想。

基本上，愛爾梅莉亞性情堅強。她不會向人哭訴，也不會把辛苦表現出來，更不會讓人看見脆弱的一面。那樣的她，居然會說出這種話。

「妳想要我握著嗎？」

「嗯。總覺得，我現在心情是那樣。」

愛爾梅莉亞將手從被窩底下伸了出來。

威廉輕輕嘆氣，用一隻手將那握住。

「這種事情不能讓其他人看見呢。」

「啊哈哈。像法爾可也許立刻就會有樣學樣。」

「那傢伙啊……到底愛逞強還是愛撒嬌，差不多該選一邊定下來了。」

「他有他的辛苦喔。爸爸不在的時候，他都努力地強調：『我也要成為勇者！』」

「這樣啊。」

故事中的勇者們，都在裝點得光鮮亮麗的戰場上展現出英姿煥發的活躍。他們打倒了邪惡的強敵，和美麗公主結為連理。只要生為男兒，任誰都……不，就算生為女兒身，也有少部分的人會憧憬他們的生存方式。

威廉認為那份憧憬是重要的。

而且，他也覺得帶著原原本本的憧憬，就將現實抓到手裡是不行的。威廉自己也沒有跳脫出那些純真少年的例子，他從小就對勇者有所憧憬，並以此立志。於是，在實際達成夢醒之後，他發現了。那跟他想的「似乎不太一樣」。

「——妳害怕睡著嗎？」

「有一點點。」

苦笑。她的手稍微在發抖。

「一想到或許再也醒不來，難免會怕啊。」

在那之後，灰色夢境的傳聞慢慢地傳開了。

反覆夢到那情境的人，遲早會被夢納入其中，變得無法醒來。傳聞甚至加油添醋多了這樣的後續。

「因為那樣睡不著而搞壞身體，不就划不來了嗎？」

「話是那樣沒錯，不過，內心的想法到底沒辦法說變就變。」

「想太多才會變得更不對勁。忘掉它睡個好覺吧。」

「是～」

愛爾梅莉亞嘻嘻地笑。

「欸，爸爸。」

「怎樣？」

「從爸爸回來以後，我啊，每天都非常開心喔。」

「是嗎？」

「而且奈芙蓮小姐好可愛，是個乖巧的好女孩。」

「是啊。」

「我們沒辦法永遠保持這樣子，對不對？」

……這個嘛，當然沒辦法了。

威廉他們不能一直都待在這個世界。趁還沒有被出現在這世界的〈獸〉殺害前，非得設法逃離才行。

而且，到時候，他們當然得拋下這個世界的眾多居民才可以。

包括愛爾梅莉亞。包括泰德。包括盧季艾。包括法爾可。包括娜奈狄。包括溫德爾、瑪爾里絲、米奈、戴特洛夫、赫雷斯……

無論親近或不親近的人。

全都必須拋下，然後離開。

「的確，再過不久，我們又要遠行了。」

威廉輕輕地重新握住愛爾梅莉亞的手。

「我還會再回來。我跟妳約定。」

這是謊話。

「下次，我會把其他後進也帶來。有個似乎跟妳合得來的傢伙。」

這也是謊話。

「別擔心。像這種約定，我從來都不曾打破吧？」

無須多作說明。簡直睜眼說瞎話到可笑的地步，這是天大的謊言。

威廉自己在那次遠征討伐星神之後，就沒有回來了。

在目前的這個世界，那或許成了被改寫而消失的歷史。即使如此，威廉自己仍然記得。

他沒有守住約定。

「……嗯，是啊。」

好似聖人寬恕罪人那樣，愛爾梅莉亞溫柔地笑。

「所以，妳別擔心那些奇奇怪怪的事情，趕快睡吧。」

「嗯。」

這次愛爾梅莉亞乖乖地點頭，然後閉了眼睛。

威廉將握著的手，慢慢地，鬆開。

「欸，爸爸。」

「怎樣？」

「明天見。」

「——————嗯，晚安。」

威廉離開房間，反手將門帶上。

†

令威廉有些意外的是，廚房裡充滿了有助食慾的香味。

鍋子裡正咕嘟咕嘟地煮著看似美味的湯。

「我放棄煮費工的菜色了。」

娜奈狄站在矮個子用的墊腳台上，顯得有些不滿地這麼說。很好很好，穩紮穩打是非常洽當的作法。摸摸妳的頭好了。

而在她旁邊，奈芙蓮一邊用刀子俐落地切著羊肉塊，一邊轉頭。

「情況怎麼樣？」

「感覺身體狀況並沒有那麼糟，不過為保險起見，就哄她先睡了。」

「……你擔心嗎？」

「那是當然的吧。」

「即使，這不過是一場夢？」

「即使，這不過是一場夢。」

威廉立刻回答。

「是嗎。」

奈芙蓮又回頭面對肉塊。

「我也覺得那樣才好。找理由不關心她，並不像你的作風。可是——」

「……可是怎樣？」

「如果給你添了困擾，我很抱歉。」

「蠢蛋。」

哼哼發笑的威廉甩了甩手，離開廚房。

「爭風吃醋？」

威廉聽見娜奈狄那樣問。誰教她那種字眼的啊？

「煮好以後端去給愛爾吧。我想她應該餓了。」

「好～！」

年幼嗓音回答得活力充沛。

即使湯煮好，愛爾梅莉亞也沒有醒來。
因為她似乎睡得很熟，就讓她繼續睡了。

隔天早晨。
到了早餐時間，愛爾梅莉亞還是沒有醒來。

即使叫她。
即使搖晃她。
即使拍她臉頰。
即使叫她名字。
她的眼睛，已經再也不會睜開了。

4. 望鄉之歌

「對了，你有聽說那個歌聲的傳言嗎？」
寇馬各公營施療院的值班室。有個身穿邋遢白衣的施療師一邊漫不經心動手洗牌，一邊歪頭發問。
「我也有稍微聽見就是了，該怎麼說呢，有種懷念的感覺。像是聽到許久以前的流行歌時，會有的那種懷念感。」
「那我看，果然是鄰近住戶哼的歌吧。原來對方跟你同一個年代啊。」
另一個施療師甩了一張牌到桌上。
「雖然說那些患者醒不來，可是在還活著的他們身邊，卻有人把傳聞講得像鬼故事一樣，我看不慣的就是這一點……追加『戰車』。」
「還沒有被講成那樣啦。我跟，兩張『騎兵』。」
「『還沒』就表示只是時間問題吧。『貴族』和『隨從』。」

卡牌在桌上累積。

其中一邊的施療師板起臉孔嘀咕：「混帳。」並扔出硬幣。

「話說回來，那些患者治得好嗎？」

「沒人說得準。基本上，太多莫名其妙的地方了。正常來講，要是陷入昏睡狀態好幾天就會變得虛弱，身上也會累積汙垢變髒。可是他們卻一點都沒有那樣的跡象。」

答話者突然想到。

「……負責巡邏的那些冒險者是不是遲到了？」

為了防備武裝集團襲擊，這裡的病棟駐有嚴密的警備。冒險者定期在周圍巡邏，每三十分鐘就會來這間值班室。

施療師看向時鐘，距離上次看見冒險者的臉，隔了快一小時。

「誰曉得。大概拉肚子了吧。不管那些啦，下一場。」

「呃，拉肚子更應該來找我們拿藥——」

「反正你發牌就是了。別想贏了就溜。」

原本就要站起來的施療師，又無奈地坐回椅子上。

同一時刻。
包含穿紅色皮甲的女戰士在內，有好幾名冒險者倒在月亮及燈火照不到的暗處。
沒有任何一個人受到外傷。
明明如此，所有人的意識卻都已經被剷除得乾乾淨淨了。

另外，同一時刻。
外套色澤融於黑暗中的入侵者們，無聲無息地闖進病棟。
——慢著。
入侵者之一不出聲音，只用唇語及手勢來制止伙伴。
——可能有人躲著。
——你為何會那麼想？
——我聽見歌聲。
男子們豎起耳朵。
——確實聽得見歌聲。但是，我不認為對任務會造成阻礙。
——我同意。時間不太充裕，趕快走吧。

最初攔阻的男子思考了一會兒，然後微微點頭。

他們在黑暗中奔跑，並且解開病房門鎖，溜進病房裡頭，靠近病床，確認沉睡不醒的中年男子面孔。

——不會錯。他就是第一個目標，奧德勒．N．葛拉希斯。

一行人拿出染成黑色，用來搬運傷病患的大袋子，然後將其攤開。

當他們把理應不可能抵抗的奧德勒扛起，準備把人塞進袋子當中時——

奧德勒睜開眼睛了。

「咦？」

男子冒出疑惑之語。

奧德勒被摔到地板上，「砰」地發出響亮的聲音。

——你在做什麼！

察覺有異狀的其餘男子進入警戒狀態。當著他們眼前，原本打算將奧德勒扛起來的男子癱軟倒在現場。

黑暗中，有紅黑色液體在地板上漫開。

隔了一會兒，有鐵銹般的臭味散發出來。

「…………」

地板上的奧德勒起身了。

他的眼睛冒著血絲。嘴巴張大到極限，正擠出某種不成聲的聲音。

——他是在……唱歌？

奧德勒的身軀悠悠搖晃。

這樣的發展出乎意料，然而入侵者仍未動搖。

非得悄悄進行的任務多少混了點聲音。但是，那不代表已經被人察覺了。

即使多少遭到理應昏睡的目標抵抗，也不代表他們該做的事情會改變。頂多只需要增加一些粗暴的步驟。如此而已。可是。

「…………」

襲擊施療院的一伙人看見了。

他們的眼皮底下，不，視野本身毫無預警地像遭到覆蓋似的浮現了不可思議的光景。

那裡是灰色的沙原。

沒有人影，也沒有人建造的街景，唯有白天及夜晚，只見太陽與月運行的世界。

而且，看了理應感到詭異的那片光景，卻讓他們有種難以言喻的懷念感。可以感受到讓心揪成一團似的強烈鄉愁。簡直莫名其妙。

「怎……」

由於陷入混亂的關係，他們發現得晚了。

動彈不得。

雙腿動不了。手臂動不了。舌頭動不了。

別說制伏朝他們靠近的奧德勒，連要躲開他的手臂都無法如願，不，連尖叫都無法發出。

奧德勒正用不成聲的聲音唱著歌。

入侵者們倒在地板上，發出一道又一道的微微聲響。

紅黑色液體漫開，逐漸玷汙原本擦得乾淨的地板。

5. 結束之夜，開始之夜

和納維爾特里見個面吧，威廉心想。

阻止滅亡的事辦得怎麼樣了；照現況下去真的能守住世界嗎；有沒有希望找出喚醒昏睡者的手段？

威廉來到街上，一邊走在通往公會的路，一邊想起自己根本不知道對方的下落。要找大概能找到，可是得花時間。目前威廉沒有那種慢慢來的從容。

納維爾特里該不會是以真界再想聖歌隊的研究設施為據點吧？

若是那樣，要找到他就累了。寇馬各市不算多廣大的城鎮，冒險者們調查至今卻沒有發現像那樣的地方。不知道對方是否偽裝得格外巧妙，或者潛伏在地下？

地下。

啊，這麼說來，威廉都忘了。

有塊地方不是嗎？不為人知地藏在寇馬各市地底下，來歷成謎的寬廣地下設施。威廉知道有這回事，也曉得大概位置。雖然並不確定那地方和聖歌隊是否有關，但是那碼歸那碼。應該值得上門一探究竟才對。

……這裡並不是現實。

心靈牢籠。刻意創造的夢境。

這裡會與現實相像，還有酷似現實中的人生活在這裡，全都是為了發揮牢籠的功能。

因此，位於這裡的一切都沒有價值。不，絕不能從中找出價值。那就等於自身想回歸現實的想法淡薄了——除了會有永遠受困在這個牢籠的危險性之外，再無其他意義。

反正這是在他們逃回現實時就會消失的世界。

所以，這個世界的人事物會變得如何，威廉都管不著。

（那樣的道理，我應該從一開始就明白了。）

那裡的愛爾梅莉亞和孩子們並不是真貨。

反正，威廉在近期內就會拋下那些人。

所以無論在什麼時間點失去他們，根本就沒有差異。沒錯，這是可以一笑置之的小事。

威廉一再地這麼告訴自己。

辦不到。

管他是真貨還是假貨。在那裡的，就是愛爾梅莉亞。

她叫我爸爸。

她要我留在她身邊。

她在我面前笑過。哭過。生氣過。傻眼過。使性子過。撒嬌過。這裡讓我再一次見到了她那理應無法再見到的面孔，也讓我聽見了她的聲音。

會有不想失去這些的念頭，不是理所當然嗎？

「威廉。」

被叫到名字的威廉回了神。

他垂下目光，這才發現奈芙蓮跟在自己身邊。

威廉此時此刻才發現這一點，他的視野已經狹窄到這種地步了。

剛覺得冷，就有雪花零星開始飄下。

「……抱歉，我露出恐怖的臉色了嗎？」

威廉深深吸氣，然後吐出。

「你有，可是問題不在那裡。」

奈芙蓮說了詭異的話。

「狀況有些不對勁。」

聽她一說，威廉試著環顧四周。

感覺沒有任何奇怪的地方。平緩的坡道，通向各處街道的短短階梯。傍晚住宅區散發著特有的微微辛香料氣味。行人稀少，理應正趕著返家的人們——

在那當中，有幾個人不知為何杵在路邊，一動也不動。

他們的目光各朝著不同方向。有人望著天空，有人望著地面，有人望著前方。可是，每個人的眼睛都沒有聚焦在任何地方。

「……莫非。」

威廉走近一名疑似買完東西要回家的年輕女子身邊。對方提著裝了肉與蔬菜的購物籃杵在原地。那似乎跟失去意識不同。看起來只是忘我地愣住了而已。

威廉試著呼喚女子，在她眼前揮手，抓住對方肩膀搖晃。女子對此都毫無反應。

她的唇微微動著。似乎在呢喃什麼。或者，似乎在唱些什麼。然而，即使威廉豎起耳朵，也還是聽不見任何聲音。

「蓮。」

「嗯。」

威廉只是短短地叫了名字，奈芙蓮就聽懂他指示的內容並採取行動。奈芙蓮靠近其他可見的人影，依序確認其狀況。

在這期間，威廉迅速催發魔力。他在踏穩的地面留下深深鞋印，並且高高躍起。跳得比周圍民宅高一倍的他放眼環顧四周，然後著地。

（——這下子……）

市區中有幾處看得見火光。

困惑及混亂的聲音，也微微地隨風傳來了。

「難道要開始了嗎？」

這樣看來，狀況真的不妙。事態發生範圍極廣。而且異變似乎同時進行於所有地方。

「威廉。」奈芙蓮跑來。「不會動的人都同一副調調。無論做什麼都沒反應。能動的人狀況正常。可是，他們開始發現出事了。」

在可見範圍內，陷入忘我狀態的人大約占整體的兩成。然而，旁人突然停止動作的異常性，正開始剝奪其餘八成民眾的冷靜——

「這屬於會迅速擴散的毒素嗎？」

（錯了。這不是那種程度的問題。）

恐怕是聖歌隊當中，據說與納維爾特里對立的那派人，終於將無差別地在廣範圍散播詛咒的技術完成了……可是，感覺有些不對勁。

威廉沒辦法說明清楚，或許該形容成突然，眼前的景象讓人覺得不自然。簡直像在平凡無奇的日常生活過程中，忽然用出事的景象加以覆蓋——

「我們先回養育院，我擔心愛爾他們——」

好似將肺裡空氣擠出來的痛苦慘叫。

威廉回頭。

剛才的女子動了。

有個應該是家人的男子來到她身邊，肩膀卻被女子用牙齒深深咬住。鮮血湧出。足以將肉咬斷的力道，凡人之軀的牙齒無法承受。女子的牙齒鬆脫掉落。

男子死命地將女子身體推開。失去平衡的女子倒在地上。隨後，她緩緩起身。濕紅的嘴角，牙齒脫落造成的痕跡上，有別的東西正要長出來。那看起來像發出青紫色光芒的濕黏觸手——

「——把平安的人統統保護好，都帶到養育院！」

威廉大叫，然後拔腿衝出。那個女子——受詛前曾是女子的生物又打算撲到男子身上，威廉將雙掌交疊，迎面打向對方的心窩。西爾葛拉穆親授的熊掌應用法。打在身上的衝擊幾乎不會傷害肉體，只會化成將對方震退的力道。

「唔！」

手感不對。既沉且硬。像打在鉛塊上的感覺。

「你沒事吧！」

威廉不顧手腕的疼痛，轉頭關心男子。對方似乎被咬斷主動脈，血從肩膀洶湧流出。不趕快止血會來不及。威廉連忙扯下襯衫的袖子，就在他正要上前攙扶的時候——

「有歌聲……」

他聽見男子如此嘀咕。

「聽得見……歌聲……」

而對方失焦的雙眼凝視著虛空。

樣子不對勁。察覺的威廉當場抽身後退。

「灰色的，世界……好……懷念……」

這下糟了。

男子的肩膀冒出血泡。同樣有青紫色的東西正要從裡面長出來。人即將變得不是人。

（不會吧。）

威廉並沒有心慌。

他驚人冷靜地接受了眼前所發生的事情。

人即將變成人以外的某種東西。而且，那恐怕是透過真界再想聖歌隊動的某種手腳。

威廉不願相信的假設，逐漸在眼前輕易地得到證明。

「……怎麼會。」

奈芙蓮傻眼的嘀咕聲傳來。

「這該不會是——」

看來她好像也推導出和威廉相同的結論了。

說起來也算合情合理。她一直都在那片天空上，和這些鬼東西的同類作戰。身為在那種戰鬥中消逝的生命，她一路活了下來。

因此，她不會看錯。

儘管半信半疑，奈芙蓮立刻就認出那東西，叫了它的名字。

「──〈穿鑿的第二獸〉(Aurora)──？」

†

狄斯佩拉提歐在過去是特化用於殺同族(Kin)的聖劍。

娜芙德．凱娥．狄斯佩拉提歐則用那把只為了讓人類殺害人類才存在的劍，來和〈十七獸〉作戰。

從中可以導出一項假設。所謂〈十七獸〉，會不會就是經過改造的人類？

而且，在仿照過去營造的夢境中，那項假設被證明是正確的了。

接下來，只剩等在後頭的結果。

人類。

名為人類（人族）的物種。

將會如傳說所述的，孕育〈獸〉，化為〈獸〉，然後毀滅世界。

†

整體來說，它的模樣長得像繩索。若硬要形容，則接近於蟒蛇。

然而，它當然不是蟒蛇。它無頭無尾，取代鱗片長在身上的是無數黏滑的針。那些針可以自由伸縮，時而發揮有如柔軟纖毛的功用，時而成為銳利的毛刺穿獵物。

徘徊於地表的〈十七獸〉之一。在遭遇頻率高的〈獸〉當中，它被視為危險度排行最低。理由單純明快，因為它一次只能殺一個人。假如是三人團體碰上，幾乎肯定有一人或兩人可以活著逃離……除它以外，再沒有手段如此溫和的〈獸〉。

它被稱為〈穿鑿的第二獸〉。

路途中，威廉盡可能將平安的人都帶到一起。

他的行動到半途為止，某種程度內算是順利的。人們聽從呼喚，立刻就聚到一塊了。

雖然曾有人攻擊威廉，但敵人全都行動緩慢，要毫髮無傷地制伏對方也沒有多難。

當團體成長到二十人左右時，威廉的盤算瓦解了。因為在理應平安的人當中，有個年歲尚幼的男生對旁人伸出了爪牙。

雖說變成了怪物，體格與力氣終究仍是孩子。威廉在沒有造成任何人損傷的情況下，將那個孩子制伏了。問題在於之後。不知道旁人何時會加害自己的恐懼，從內部將團體拆散了。二十人聽不進威廉制止的聲音，作鳥獸散地落荒而逃。

好不容易回到養育院，卻沒有任何人在。

應該睡在床鋪上的愛爾梅莉亞不見人影。

應該關在房間裡的孩子們亦然。

叫了沒有回應，打開房門也看不見人。在威廉他們剛才離開這裡的短暫空檔，所有人都消失得不知去向。

即使觸碰床褥，也感受不到溫度。

彷彿，從一開始就沒有任何人在那裡。

威廉想起方才的異樣感。好似將現實直接改寫，不合邏輯的現實變化。

「……哈哈。」

威廉的腰失去力氣，差點當場倒下。他用手扶著牆壁，勉強讓自己站穩。

現實感忽然逐漸流失。

啊，對了。這裡本來就是夢。從一開始就並非現實。

「還真是令人反感的夢。」

威廉從喉嚨裡擠出那樣的話。

「照這樣看來，創造這個夢的果然是惡魔。我猜大概是屍魔或爭魔的其中一邊。他們對現實做了不可理喻的改動，要讓我們的心屈服。」

「威廉。」

奈芙蓮用了責備似的語氣。

「……我明白。我沒有從**現實**轉開目光。」

威廉確認門口與窗戶。到處都沒有被打開的形跡。愛爾梅莉亞和孩子們既沒有自己出去，也沒有被突然出現的入侵者帶走。假如有手法相當老練的人仔細滅跡，那就另當別論，不過既然沒有掩飾孩子綁架的事實，特地滅跡就毫無意義。

這無庸置疑地就是異常事態。

之前幾乎完全堅守於將現實重現的這個夢境，終於被創造者親自動手干涉了。

敵人的目的是讓威廉他們澈底成為這個世界的居民。為此在他們倆被按照史實出現的〈獸〉殺害以前，理應會用某種手段來改寫世界……威廉的研判並沒有失準。

「假如這裡的愛爾也會變成〈第二獸〉……被那傢伙殺掉或許也不錯就是了……」

反正就算回到現實世界，威廉還是會死。

話雖如此，要永遠受困於夢境當中，他也不會服氣。

既然這樣，過去從來沒守住任何一個約定的「爸爸」，在最後至少要守住**最初的約定**……死於那樣的結局，感覺也不壞。以廉價的捨命方式而言算上乘了。

「哎呀，抱歉。蓮，要是我那樣做，等於將妳拋下了。」

「別在意。反正到時候，我也會一起死。」

奈芙蓮用手指輕輕握住威廉的手指。

「……居然講出這種讓人死不得的話。」

威廉像平常一樣地伸手亂撥奈芙蓮的頭髮。

少女也像平常一樣，狀似排斥地扭身。

——來吧，解開謎底。

思考愛爾梅莉亞他們在此時消失的意義。
答案肯定會將威廉他們導往最後該面對的敵人。

愛爾梅莉亞倒下之後，城裡立刻發生異變了。
寇馬各市民變成的是〈第二獸〉。
在原本的現實中，在寇馬各市遺跡橫行的則是〈第六獸(Timere)〉。

這個世界裡，恐怕封有以往寇馬各市民大多數的——或者所有的記憶。
根據那些記憶，這個世界的創造者重現了以往有過的歷史。
威廉和奈芙蓮對於重現歷史的這個世界而言是異物。
如今，這個世界正為了讓他們完全歸化為居民而採取行動。

假設。成見。臆測。直覺。
一路所見。一路所聞。一路所感。一路所思。

威廉將那些全部塞進腦中的大鍋熬煮，並且攪拌。

「———莫非……」

當某種答案就要成形的瞬間。

門鈴響了。

接著，玄關的門被狂敲。

「愛爾梅莉亞！還有大家！你們平安嗎！」

有慘叫般的呼喚聲傳來。

「泰德……？」

威廉中斷思考。他抬起臉，嘀咕對方的名字。

（原來那傢伙沒事？）

要稱為慶幸仍嫌太過空虛的情緒，從心坎裡浮現。

「法爾可！溫德爾！赫雷斯！」

泰德幾乎要打壞門鈴似的猛捶，還一邊出拳敲門，一邊不停呼喚孩子們的名字。

「……哎，總不能不理他。」

「嗯。」

兩人苦笑著離開房間。

「米奈！戴特洛夫！瑪爾里絲！娜奈狄！」

……這傢伙該不會到最後都不打算叫他的名字吧？威廉心想。

威廉一邊納悶地想著那種事，一邊解鎖開門。

幾乎傾全身之力叩門的泰德差點向前撲倒。

「……威廉先生！太好了，你果然沒事！」

「是啊，沒錯。目前仍然平安。」

泰德趕到這裡前，恐怕闖過相當於煉獄的場面吧。他的臉色蒼白得像隨時會倒下。

「愛爾梅莉亞他們呢，有沒有出現異狀？」

「——嗯。至少他們沒有失控作亂。」

威廉含糊地點頭回答。

「太好了……」

他抓住差點當場癱軟的泰德的手臂，將對方扶穩。

「哎，站著說話也不方便。你累了吧。進來，端個茶給你無妨。」

「呃，不好意思。在那之前，請幫我保管幾項東西。」

泰德連用自己的腿久站都有困難，但仍勉強帶著笑容將揹在身上的大行李遞過來。

收納於大型皮製劍鞘，既長且大的雙手劍。

「——這是……聖劍？」

「據說是幾乎沒有勇者適性也能用的低階品。我從公會保管的品項中借了一柄過來。我想這對威廉先生應該派得上用場。」

意思是，這傢伙還先去了公會一趟，然後才跑來養育院這裡？

「公會那邊，那些冒險者平安嗎，盧季艾呢？」

威廉忍不住如此問。

「……還有一項，應該說，還有一個人要拜託威廉先生照料。」

泰德並未回答，而是轉頭望向背後。

在那裡站著一個少女。

——年紀約莫十五六歲。從身穿旅行裝這點來看，大概是旅行者。

鮮豔的緋色長髮簡單編在一起，垂在背後。與頭髮同色澤的眼睛不知為何顯得無所適從，正望著自己的腳邊。

一陣刺痛。有種不可思議的既視感從威廉的意識深處掠過。

他似乎在哪裡看過對方……不，他們好像見過面。然而，他卻想不出是在哪裡發生的事。

「我在那邊街上遇到她的。原本還有更多人，可是我能帶到這裡的，只有她一個。」

「呃，你帶她來這裡——」

「請幫幫她。要找安全的地方，我只想得到這裡了。」

泰德對威廉低頭。

「……知道啦知道啦。我知道了，進來吧。或許你沒有自覺，但你現在一副隨時都會垮掉的臉耶。」

「不。我要告辭了。」

泰德笑道。

「不對吧，你在說什——」

「我的耳朵裡，從剛才就一直聽得見歌聲。」

他仍帶著那張像是硬撐著的笑容，話裡含淚地說：

「有人在我腦子裡反覆說著：他想回去，他想要回去。眼前看到的景物，也好像跟某種灰色的東西重疊在一起。我已經……撐不久了。」

「——泰德。」

「所以，我不能跨進這道玄關。」

雖然說，我常常都在想，要當個對愛爾梅莉亞有威脅性的男人。但我早就決定要忍住，直到獲得她『爸爸』的允許。我不希望被這種莫名其妙的夢或者歌聲，擊垮我那樣的決心。」

「……泰德，你……」

「因為這樣，很不好意思。」

泰德使勁。

他硬是用腿撐起身體，然後甩開威廉的手。

「威廉先生，之後的事，全都拜託你了。」

接著，泰德拔腿就跑。

他的背影像是被吸收了一樣，消融在暮色當中。

†

泰德的背影烙在威廉眼裡，久久不離。

事到如今，威廉才覺得他是個了不起的傢伙。那傢伙為了保護愛爾梅莉亞和陌生女孩，選擇獨自消失在遠方。他應該很不安，應該很疲憊，應該很惶恐，應該很難過。即使如此，作為臨終前的選項，他選了堅守身為男人的顏面。

請幫幫她，泰德是這麼說的。威廉覺得他還真會強人所難。在這即將面臨末日的世界裡，要怎麼做才能真正地拯救某個人？

之後的事全都拜託你了。這算什麼話？

那傢伙明明才等級8。

居然還硬要裝帥。

紅髮少女臉色為難地瞪著咖啡杯。

當然，正確來說，她瞪的是咖啡杯裡——濃濁的褐色液體。

「咦，妳該不會不敢喝咖啡？」

威廉一問，她便搖搖頭。然後，她又回頭凝視杯子裡。遲遲不肯就口。

「我看，還是幫妳加牛奶和砂糖會比較好吧？」

少女又搖搖頭。

她做好覺悟。

少女帶著士兵決心赴死般的表情，將杯子捧起，然後就口，一口氣往嘴裡倒。

「…………………唔！」

她滿臉通紅。

少女把杯子放回桌上之後，用雙手捂著嘴邊，發出無言的尖叫。

哈呼哈呼哈呼。她像隻被撈上岸的魚，嘴巴開開闔闔。

「好像太燙了。」

奈芙蓮用別的小杯子倒了冰牛奶，遞到少女面前。該選擇虛榮還是務實？少女的眼睛猶疑了一瞬，然後就像用搶的把杯子抓到手裡，將內容物倒進了自己的嘴巴。

少女「噫～呼～」地花了點時間調整呼吸才說：

「……好燙。」

嗯，威廉明白。

「好苦。」

那個威廉也明白。所以他才叫對方加牛奶。

「要不要再來一杯？」

「……我想加牛奶。」

少女似乎完全放棄顧面子了。她戰戰兢兢地，害羞似的將杯子遞了過來。

她是個奇特的少女。

年紀看起來十五歲左右，所以跟珂朵莉年紀相仿。不過單從講話方式或舉止來看，又比珂朵莉小了許多。搞不好，說奈芙蓮看起來比她年長也差不多。

少女一身出外旅行的裝扮，卻看不出有同伴。不知道她原本就是一個人旅行，或是和同伴走散。考慮到最糟的情況下，同伴有可能已經變成〈獸〉，威廉總不好隨便過問。

還有她的目光。

少女把目光從咖啡杯移開時，眼睛就會窺探似的朝威廉瞟過來。然後，當威廉露出察覺此事的態度時，她就會急忙轉移目光。

那並不是帶有好感的目光。

話雖如此，倒也感覺不出有敵意。

如果要分析，差不多是好奇與警戒呈四比六的調調。

「我臉上沾了什麼嗎？」

威廉試著問奈芙蓮，但對方搖頭。

（……還是說，我們果然在哪裡見過面……？）

威廉試著回憶在大地的準勇者生活，卻還是沒有印象。這種鮮豔的緋色髮絲，他覺得看一次次便不會忘記就是了。

（…………）

緋色的頭髮。

威廉想起珂朵莉的事。在珂朵莉逐步失去記憶的過程中，她的頭髮就像遭到侵蝕似的，漸漸地染成了鮮紅色。

大概是暖爐光源不穩定的關係，威廉覺得那時候的紅色，和眼前少女的這種緋色極為相似。難道他從剛才就有的既視感是因此而來？

「……請……請問！」

少女抬起臉龐，下定決心似的開口。

「**威廉**……你是真正的**威廉**，對不對？」

「嗯？是啊，沒有錯。」

忽然被叫到名字的威廉疑惑地回答。

「哎，我又不是出名到會有人冒充的名人……妳之前就認識我？」

嗯——少女點頭。

「啊，是剛才聽泰德介紹的嗎？」

不是——少女搖頭。

「我是在夢裡見到你的。嗯，該怎麼說呢，雖然內容有點短……不過那是個甜蜜的夢。」

「……喔。」

什麼跟什麼啊，這是新問世的求愛詞嗎？

處在攸關生死的極限狀態下，會讓男女間萌生類似愛意的情感，這是威廉從以前就常聽見的說法。而現在的狀況，肯定可以算是最頂級的極限狀態。

不過，這個少女給人的年幼印象實在太強，威廉對她完全沒那種感覺就是了。

「我能不能問一件事？」

「怎樣？」

「你記得**黎拉**嗎？」

當然了，正規勇者黎拉‧亞斯普萊是遠勝威廉的名人。任何人知道她的名字，也沒有什麼好奇怪。

不過，在這種時候提到她的名字，問的內容還是「記不記得她」，難免讓威廉覺得不對勁。

「那還用說。」威廉含糊以對。「妳為什麼要問這個？」

「因為她是重要的人。」

少女給了不清不楚的回答。

「**黎拉**是我憧憬的對象。她又強，又可靠，又帥氣。」

還真是誇大的形象。威廉忍住想笑的衝動。

正規勇者身為人類最頂尖的士兵，在對抗異種族的戰線就像旗號一樣。因此教會全心全意地美化了她的相關報導。壓倒性身手強得足以一招打敗龍；兼具無法拋下孱弱之人的慈悲及高潔心腸；身穿鎧甲的那副英姿，更是美得足以靠自身威風就讓綠鬼族全都五體投地。諸如此類。

哪有可能啊。

說來說去，打倒赤銅龍那次還不是花了半天左右；就算眼前有孱弱之人，她也沒有天真到會搞錯局面的輕重緩急；教會送來的全身鎧，她只穿過一次就嫌棄地大叫：「綁手綁腳！」然後退回去了。

威廉曉得黎拉的真面目，她是個豪邁、馬虎、奔放且自由自在的傢伙。

「而且，她有真正的勇敢。」

當威廉回憶那些內容時，少女仍在讚美黎拉。

「她明明有最喜歡的人，卻隱藏著那份心意。為了讓那個人幸福，她放棄讓自己幸福。即使明知道那一戰會帶來**喪失自我**的結果，她還是勇往直前。哎，這就是名為人類的生物……這是我看著**黎拉**學到的。」

「那她真是了不起的教材。」

少女的話裡摻了不可思議的用詞。難道她在某個地方直接和黎拉見過面，而且，當時黎拉還跟她聊過感情事？

黎拉與感情事。糟糕。那實在太不搭調，快讓威廉忍俊不住了。

「我想變得像她一樣。那就是，**我最後的夢**。我想，即使我死後變得支離破碎，那樣的心意也會一點一點地留下來——」

「妳在說什麼？」

「嗯？」

少女回神似的抬起差點垂下的臉龐。

「沒事。沒有什麼，請你忘記。不過，也要記住一點點。」

怎樣啦？到底要記還是要忘？

「……妳是什麼人？」

奈芙蓮咕噥地問。

「看著妳，不知道為什麼，心就靜不下來。奇妙的感覺。」

「……大概是妳的心理作用。我想，妳不要思考得太深比較好。」

少女喝完牛奶占七成的咖啡歐蕾以後，歇了一會兒。

「冷靜下來了嗎？」

「嗯。」

她坦率地點頭。

「好，那麼抱歉了，能不能請妳幫忙看家？」

「咦？」

少女對威廉擺出愣住的表情。

「我跟她得離開一下。」

威廉向奈芙蓮使了眼色。

「離開的期間，我想把這間破養育院交給妳。妳願意幫忙嗎？」

「你們要去哪裡？」

「我得去見一個人。上門找到那傢伙以後，再順便把沙盒整個翻過來。」

「那我也跟你們一起去。」

「不行，很危險。妳留在這裡——雖然說不上安全，但至少好一點。既然那個臭小鬼拜託我救妳，我就不能讓妳碰到危險。」

嗚嗚——少女低聲嘀咕。

「你會回來這裡嗎，你可以和我約定？」

這——

接下來，威廉他們要去和創造這個世界的始作俑者對峙。無論結果是成功摧毀這個世界或者落敗，他們大概都無法再回來這裡。因此，即使威廉和少女立下約定，也絕對守不住。

「抱歉。那我辦不到。」

反正是口頭約定，說自己會回來就好……威廉也這麼想過。但他說不出口。他不能讓同樣的事情在這間養育院重複上演。

威廉抓起豎在牆際的聖劍劍柄，將那拋給奈芙蓮。

量產型聖劍汀德蘭。和奈芙蓮過去以適用者身分所使用的印薩尼亞相比，位階差了一大截，不過它在全方面都有傲人的高性能及穩定性。在用不了高階聖劍的平凡準勇者間獲得傑出評價，是來自帝都工房的傑作。

「由我帶著適合嗎？」

「我就算空手也多少能打，妳空手就糟了吧。」

威廉朝仰望著自己發問的奈芙蓮簡單點頭表示——

「那我們走了。」

然後便轉身背對少女。

†

『──妳不是還有一些話想跟他說？』

空魚從虛空中繞著緋色少女現形。

『好不容易跟他認識，要撒嬌或求愛都可以喔？』

「事情才不是那樣。」

少女搖頭。

「**威廉**喜歡的並不是我。像那種不帥氣的人，我不喜歡。」

『脾氣真硬呢……哎，先不管那些了。』

空魚在少女身邊轉了一圈又說：

『但就算要講明自身底細，我們還是該跟著他們一起去，不是嗎？我們的目的和那兩個孩子幾乎都重疊在一起。我倒覺得光明正大地聯手，獲勝的機率才會提高。』

「…………」

『即使妳說他恨妳，那個人並不是分不清輕重緩急的男生吧。我覺得雙方大有機會站在同一陣線就是了。』

「我也覺得是那樣沒錯。」

『那妳為什麼不說？』

「……我也不太清楚。」

少女一邊說，一邊看向窗外，威廉他們離去的方向。

「因為他叫我不准跟去的時候，不知道為什麼，我覺得有點高興。」

『哦……原來如此，是這麼回事啊。』

「妳聽懂什麼了嗎？」

『沒有。我只是覺得很像妳的作風。』

空魚傻眼似的說完以後，好像又想起了什麼。

「對了，第一次喝黑咖啡，妳覺得如何？」

空魚問。

「好燙。」

少女立刻回答。

†

奈芙蓮生出幻翼，飛上天空。

威廉用魔力強化腿勁，在屋頂及屋頂間飛縱。

兩人一邊俯視〈穿鑿的第二獸〉在路上群聚，一邊衝過街道。

「創造這個夢境的並非惡魔一類，而是〈獸〉。」

威廉腳下的屋瓦嚴重迸裂。

「而且直到上一刻，〈獸〉並不存在於這個世界。那些居民都是以個人變成〈獸〉之前的人類身分生活在這裡。所以對方既沒有對這個世界動手腳，也沒有直接來接觸我們，而且我們怎麼找都不可能找到對方。

可是，夢境裡的世界也迎接這一天了。散播的詛咒催生了那些〈獸〉。創造者開始運作了。因此在那個瞬間，創造者就開始直接操控這個世界。愛爾梅莉亞被移走，是因為那對創造者來說有其必要。」

眼底下的街道，到處聽得見或大或小的尖叫聲。

還有人存活。即使再過不久就會一個不剩。

「……我不太懂。」

大概也是吧，威廉心想。

畢竟連說這些話的他，都沒有精確地理解狀況。

他只是將隱約覺得「應該是如此」而接受的部分，添上煞有介事的話來說明。當中既無道理更無把握。

「哎，用不著那麼在意。重要的是，目前這個世界正相對忠實地在重現我們世界於五百年前發生過的事。我們的世界就位於這個世界的延長線上。

五百年後仍保留在我們世界裡的東西，目前在這裡也有才對。」

教會的尖塔之上。威廉跳到可以俯瞰中央廣場的位置，然後停下腳步。

「這裡嗎？」

奈芙蓮降落到他的身邊。

「對。以座標而言，應該就在這附近。」

「可是，看不見任何像是我們要找的東西。」

在廣場上，異形怪物的身影零星可見。

「應該不是在那群〈第二獸〉當中吧，對不對？」

「當然了。」

威廉隨口回答，然後握拳……預備握拳時，他發現狀況有異。

身體有些隱隱作痛。

他對那樣的疼痛十分熟悉。

（……夢要結束了嗎？）

現實中的威廉只是還沒死透的屍體。骨頭盡是裂痕，肌腱耗弱斷裂，內臟曠職停工，肌肉組織綳斷，還有生命力應該也因為全力催發魔力而消耗殆盡。

那樣的現實，正準備追上目前身處夢境的他。

（不過，話雖如此。我似乎還能動一陣子。）

威廉調整呼吸，重新握拳。

「跟我來。」

他對奈芙蓮留下這句話，然後縱身而落。

途中，威廉出腳踹向教會的鐘樓，藉此加速。他用遠比自由落體快的速度，朝著廣場中央，一處因維護不良而停止運作的小小噴水池墜落。

拳頭貫入大地。

旋、轉、流、停，乃至打擊物體時必然會反饋到拳頭才對的反作用力，所有勁道都在刻意下收攏合一。這何止不能算是對人用的武藝，還根本就不被當成正派拳法，而是極盡旁門左道的**攻城舞蹈法**。

龍爛劫鼎。能劈裂大地粉碎瀑布，除了發揮此等破壞力之外，別無用途的荒謬雜耍技倆。而現在，威廉需要的正是那種威力。

叩隆叩隆叩隆。吊鐘受到威廉出腿的衝擊，刺耳地嗚嗚作響。

間隔片刻，廣場所鋪的石版四分五裂，進而向下崩落。

威廉押對寶了。

五百年後，蔓延於寇馬各市故址底下的神祕巨大設施。經葛力克帶領，威廉才與珂朵莉一塊涉足的那塊地方。在懸浮大陸群的調查隊發現以前，無人知曉其存在，換句話說，那裡就是公會冒險者未能注意到的，寇馬各市的最後祕境。

（……受不了。）

以修練不足的身軀使出龍爛劫鼎，將無法完全掌控暴風般的力流，讓後勁殘留在拳頭。威廉的右拳皮開肉綻。骨頭也岌岌可危。

不過，他還能動。

「走這邊！」

威廉將靠近的眾多〈穿鑿的第二獸〉交給奈芙蓮應付，自己則跳下眼底的黑暗當中。

†

所謂的地下設施，都宿命性地擺脫不掉幾項問題。

其一是採光，其二就是換氣。在無法利用陽光的地底下，人要活動會需要火光。然而過度用火又有礙呼吸。為了接收新鮮空氣，就需要大尺寸的通氣口。因為這層緣故，任何人都找不到的地下設施，本來就不太實用。

「在懸浮大陸群有燈晶石，採光方面的問題大概會像樣一點就是了……」

威廉也稍微思考了這種無關緊要的事。

一言以蔽之，地下是陰暗的。

威廉對於暗視術或採光用咒蹟之類的方便技術並無心得。順帶一提，他也沒有探索這種地下迷宮的專業知識。憑著一股勁闖進來固然好，丟臉的是他無以為繼了。

奈芙蓮將魔力稍作催發，藉能量來喚醒汀德蘭。劍身冒出裂痕，從中湧出淡淡光芒。

「要再亮一點嗎？」

「不，這樣就可以。」

聖劍象徵拯救人類的希望，卻被用來代替火把。

假如有帶一支真正的火把過來就好了，但威廉沒有想得那麼周到。要是葛力克在這裡肯定會笑他。

在黑暗中，威廉打開身邊的門，放眼朝淡淡光芒照出的四周望了一圈。

亂糟糟的房間。書桌、櫃子和地板上，胡亂堆放的紙張累積成山。那些有的是研究文獻，有的是報告書，有的是潦草便條，彷彿強調著它們才是這塊空間的支配者，散發壓倒性的存在感。

誤打誤撞闖進資料室啦？

威廉一邊這麼想，一邊找尋其他的門，想知道是否有路可以前進。找不到。

在這種節骨眼，他也想過該不該再打穿地板或牆壁，硬是向前推進。畢竟〈穿鑿的第二獸〉就算從這片黑暗中的任何地方偷襲也都不足為奇。目前他右手會痛，強拓捷徑風險雖大，不過有一試的價值。

「……這個。」

奈芙蓮撿起一張便條，然後咕噥。

「研究資料？」

「寫的應該是將人類變成〈獸〉的詛咒要如何架構之類吧？」

「唔～好像不太一樣？」

威廉從反應微妙的奈芙蓮手上將便條借來。唔哇，字好醜。

「……何謂『星神』？」

寫些什麼啊？

那還用問，星神就是星神吧。祂們是最初創造這個世界的一群。

遠古前，在毫無一物之處創造了這個世界的眾多存在。祂們讓大地充滿綠意，讓海注滿水，孕育出人類及其他生物，將世界塑造成如斯樣貌。在那樣的過程中，祂們把自己的靈魂分賜給人類，然後便消失了。

而在前陣子，星神中的存活者醒了過來，不知為何率領著麾下的地神，與名為人類的物種為敵。威廉等人付出莫大犧牲，設法將那些傢伙擊退，之後又經過種種事情，而演變至今。

「祂們並沒有創造世界。只是重塑罷了。」

哦，這樣啊。

不愧是宗教組織。居然連扔在研究組織的便條上，都上演著有模有樣的神學論爭。

「從祂們造訪(Visit)這個世界以前，世界就位在此處，還存在有不成生命的生命。可是，那並不是星神們想要的。因此，祂們詛咒了世界與存在於那裡的萬物──」

不不不不不。我可沒聽說過這種事。

「……威廉？」

「沒事。」威廉拋開便條。「給神學者看，或許會導出有趣的議題，但總之這些玩意兒目前跟我們沒關係。」

他又看向盡是紙張的房間。

──有械鬥聲傳來。

「威廉。」

「嗯，我聽見了。」

地方並不遠。可以辨別出方向。至少，有人在那裡。恐怕還有某種鬼東西在。

在黑暗中，威廉衝出房間，拔腿疾奔。

只要奈芙蓮將幻翼大大地張開，就能獲得足以衝過走道的光源。

還可看見牆上到處貼有寫著「嚴禁塗鴉」的紙張。

而且，在那些紙張的空隙間，整片白色牆壁都填滿了潦草的算式、咒式、文章一類。

——人類增加得太多了。起源的詛咒將面臨極限。

——名為人類的物種一開始就不該存在。

——**製造**出他們，是星神最初且最大的過錯。

並未細讀的威廉一邊瀏覽那些文字，一邊衝過陰暗的走道。

——星神啊，你們為何要創造出人類！

——你們的望鄉之情，為這塊土地帶來了什麼，奪走了什麼！

難看的潦草字跡，寫著哀號般的字句。

†

〈穿鑿的第二獸〉被剁碎的屍體堆積成山。

而納維爾特里就靠在旁邊牆壁上坐著。

「……嗨。」

納維爾特里大概是察覺到有光源接近，便無力地抬起臉龐。

那一如往常地賊笑著的臉上，毫無生氣。

「還以為誰來了，是你啊，威廉老弟。真不知道你怎麼能查出這地方。」

在他胸膛以下的部分，都被染得通紅。腹部恐怕有近一半的肉遭到無數針刺翻攪，成了稀爛的紅色肉團。

無論怎麼看都餘命不久。

納維爾特里能保有意識，恐怕是靠他那把聖劍「拉琵登希比爾斯」的功用。高階聖劍當中，有些劍各被發現具備獨自的異稟。以這把劍的情況來說，它在位於啟動狀態的期間，會引發強制安頓使用者身心狀態的現象。

然而，那不代表它能修補創傷或止血。憑拉琵登的力量，阻止不了無從迴避的死亡降臨。

「舊詛咒變淡了。要再一次詛咒人們才行。可是辦不到。即使得到神的屍骸，即使能切碎祂的魂魄，也無法重現星神的詛咒。」

「喂……納維爾特里……？」

拉琵登希比爾斯失去光芒。

納維爾特里催發的魔力正要消散。

「只靠我們，是辦不到的……無論如何，都需要『異鄉人』的智慧……」

他的眼睛已經沒有看著威廉，而是望著遠方，一動也不動。

「可是……已經，來不及了……」

伸向虛空的手，啪噠一聲掉了下來。

平時總帶著打趣笑容的那張鬍子臉因痛苦與苦惱，而僵成扭曲的模樣。

「受不了。忽然鬼扯些什麼。莫名其妙。」

威廉沒辦法控制情緒，忍不住咒罵。

「你為什麼會死！為什麼會失敗！既然你說你要救，就要堅持到最後啊。你是勇者吧！那是你的工作，也是你的責任吧？」

「威廉。」

威廉握緊拳頭。

他挺認真地在考慮自己是不是可以揍對方一拳。

不過，威廉作罷了。雖然他並沒有用這來代替的意思，但他撿起了被扔在原地的拉琵登希比爾斯。

「你們在奮鬥什麼都已經無所謂了。反正事情早在許久之前就有了了斷，也無法讓結果翻盤。但——」

威廉催發魔力。

屬於高階聖劍的拉琵登希比爾斯不會接納威廉。劍身微微迸裂，內側冒出光芒，但反應也就只有如此。照目前這樣，它只是發光的大型刀械。發揮不出人類為了迎戰超越人類之敵所造出的聖劍真正價值。

「要我拿嗎？」

奈芙蓮問，但威廉搖頭。

「這樣就好。」

他回答完以後，又重新面對走道的前方。

設施中為黑暗籠罩，威廉在那裡看見一絲光芒冒了出來。

6．在這個世界告終以前——C

那裡是個樸素而寬敞的房間。

在房間中央，建有淡淡發光的水晶柱。

柱中有無數臉孔浮現。那些臉孔有的笑，有的哭，有的欣喜，有的悲傷，有的驚訝，有的安詳，有的疑惑，有的憤怒，有的畏懼，同時還都唱著歌。

而且，大約在柱身的中段，有一尊仿照少女的上半身塑造成形，好似精緻船首雕像的水晶像浮現在外——

「……嘆月的最初之獸（Chantre）？」

奈芙蓮呼喚其名。

威廉也聽過那個名字。從出現後經過五百年以上，至今人們對它幾乎仍一無所知，連有多大威脅性都無人談論，充滿謎團的〈十七獸〉之首。

……在世上頭一個淪為〈獸〉，原本曾為人類之身的，某個人。

「實在受不了。」

威廉朝水晶柱走近一步。

全身冒出遭到撕裂般的疼痛。應該說，實際上他早已皮開肉綻了。這麼說來，他被封進這個夢的前一刻便渾身是血。

幸福的夢到此告終。

現實世界的**她**並不在養育院，而是在這裡變成〈獸〉了吧。所以她才會從床鋪消失。

而且，假如要在這裡和她對峙，威廉也必須做回現實中的自己。

「……蓮，妳別過來。要是妳靠近，會因為魔力失控而死。」

威廉如此交代以後，又往前走近一步。

啪，某處的內臟碎了。威廉硬是將湧上的血塊吞回胃裡。只有一滴從唇邊滴了下來。

沒事的。不，雖然根本不能算沒事，至少，他還能走。他又向前靠近了一點。

——應該要早一點發覺才對的。

只要稍微思索，肯定找得出是哪裡不對勁。

從威廉在這個世界醒來，直到此時此刻。

理應跟他約定過的「她」，一次也沒有提起那件事。

她一次也沒有對他說出「你回來了」這句話。

「欸，**愛爾梅莉亞**。」

即使呼喚，也得不到回答。

相對地，威廉又向水晶柱靠近一步。全身骨頭龜裂。他把拉琵登希比爾斯當成拐杖，設法撐住差點散架的身體。

「妳和我，一次也沒有提到奶油蛋糕的事呢。」

威廉之所以沒有提起那個約定，是因為他把這個世界當成贗品。他並沒有回到這裡，只是受困於此。因為威廉抱著那樣的想法，才沒有說出口。

可是，愛爾梅莉亞又如何？在理應什麼也不知道的她看來，威廉回來是貨真價實的，他們的約定應該順利守住了才對。然而，她從威廉醒來到現在，都完全無意提起他們的約定。

只有一套道理能說明這種矛盾。

或許她本身並沒有自覺，卻還是察覺了。愛爾梅莉亞·杜夫納其實並沒有迎接到她「爸爸」回來。

——……爸，爸……——

水晶中的少女用不成聲音的聲音呼喚。

威廉清清楚楚地聽見了她的聲音。

「妳要等到什麼時候啊？真是傻瓜。」

威廉露出苦笑。

「就算妳是最早變成〈獸〉的人。難道說，妳就像這樣把幾千人封在夢境中，把滅亡前夕的寇馬各保存在自己體內，珍惜又珍惜地捧了五百年，毫不死心地一直等嗎？」

一步。

威廉體內，大概又有某個地方毀了。

由於全身上下都痛，他已經分不出詳細的部位。

「妳一直……都在等我『進來』……這個世界嗎？」

原本，那應該是不可能實現的願望。

別說五百年，就算穿越永恆歲月，應該也無法有所前進的心願。

她抱著那樣的思念，一直獨自歌唱著。

她在由三千人的夢塑造出來的小小沙盒中，一直歌唱，一直歌唱，宛如壞掉的音樂盒。

「我真的……真的對不起妳，愛爾梅莉亞……」

再一步。

伸手就能相觸的距離。

這時候，只要說出「我回來了」，肯定就能實現她的願望吧。

返家的約定，應該會在小小的沙盒裡達成吧。

然後，到了威廉的下一個生日，她就會親手烤出最棒的奶油蛋糕。

她會讓威廉吃到怕。

那般幸福的幻影，如今，就在眼前。

威廉高舉握著聖劍劍柄的右手。

「——調整，開始——！」

構成聖劍拉琵登希比爾斯的三十五塊護符從咒力線的束縛中得到解脫，迸射似的在威廉四周散開。

威廉用左手伸向自己的胸口——他抓住當成項鍊戴著的「言語理解」護符，然後扯斷鍊子。在夢中怎麼也解不開的護符，於威廉手中發出格外強烈的光輝。

那塊護符，成了被他叩進拉琵登希比爾斯當中的第三十六塊零件。

「……唔……」

聖劍是由多塊護符的力量錯綜複雜地交合，並且相互干涉到最後才誕生的一種現象。只要稍微失去均衡，一切就毀了。因此要調整聖劍，原本非得有設備齊全的工房和熟練的技術人員聚集在一起。

脊髓迴路分裂了。近一半的咒力線斷了。無處可去的魔力，讓原本在名為拉琵登希比爾斯的形體下所具備的大多數功能當機了。無所謂。威廉硬是將剩下的咒力線綁到一塊，只維持最低限度的功能。那就夠了。

威廉出拳捶向擔任核心的水晶片，將調整狀態解除。想回到原位的三十五塊護符組合以後，變得像形狀難看的棍棒。

接著，威廉將那把劍。

守護心靈的劍，加上維繫心靈的護符混合成的粗重兵器。

直直地。

貫入水晶像的胸口。

——啊——

歌聲停了。

威廉露出微笑。

「對不起。」

好似嘀咕，好似細語。

「我沒能守住約定。」

他只奉上了這麼一句。

水晶像冒出大規模裂痕。

只見龜裂逐漸擴散到水晶柱全體。接著，好似搖響無數鈴鐺的聲音出現，〈嘆月的最初之獸〉崩解了。

在崩解消失的前一刻。少女水晶像的嘴邊露出了一抹微笑。

那樣的微笑，有如聖人寬恕罪人，有如女兒向父親撒嬌。

†

大地震盪。

天花板、牆壁、地板都開始一起崩塌。

威廉已經連站起的力氣都不剩。任崩塌吞沒的他墜落到更底下的樓層。

飄浮感包裹全身。時間感消失。

大音量的歌聲直接撼動意識。

視野被染成整片灰色。

（什麼……！）

完全出乎威廉意料。不過，他立刻就理解那代表什麼了。這就是寇馬各眾人聽見的歌聲。在夢中所見的光景。

將人變成〈獸〉，搖撼人類物種根源的衝動。

狂風般的悔恨意念聚合體。由於太過思念失落的過去，甚至將回想從現實中切割出來——創造出夢想的世界，並且繭居其中。〈嘆月的最初之獸〉的本質，就是那種力量以及妄執所構成的精神體吧。

接著，它在失去名為愛爾梅莉亞的容器以後，就鑽進在場另一個人——大地僅存的最後一名人類體內了。

「啊～……我懂了……」

人類可以變成〈獸〉。

「要說的話，當然不會唯有我例外……」

沒什麼好大驚小怪。這是理所當然的結局，只是來得太晚。

自己到底會變成什麼樣的獸？

在毀掉世界的十七種破滅當中，自己會歸為哪一種？

哪種都好。沒問題。帶著聖劍的奈芙蓮就在旁邊。即使威廉變成〈獸〉，即使他淪為對懸浮大陸群及其居民張牙舞爪的存在，奈芙蓮肯定會立刻了結他的性命。

因此，他可以笑著接受這個結局——

「威廉……！」

有某種溫暖的東西撲了過來。

威廉睜開眼睛。甩開灰色的視野。

奈芙蓮正抱著渾身是血的他。

「蓮，妳怎麼……！」

從〈嘆月的最初之獸〉殘骸中湧現的**某種物質**，正從威廉全身上下的傷口鑽進他體內。

而且，有份量一樣多的物質，也流入同樣滿身是傷的奈芙蓮體內。

「笨蛋，妳怎……」

威廉說不出有條理的話語，但他心裡所存的疑惑，似乎仍傳達給奈芙蓮了。奈芙蓮微微睜開緊閉的眼睛，望著他的臉——

「愛爾梅莉亞拜託過我！」

吶喊似的回答。

「她說過，因為爸爸就是那樣，他將來肯定又會跑去其他地方！到時候，她不能跟著一起去，所以就交給我了！」

威廉體內迴盪的歌聲變弱。

那就表示，歌聲正在注入奈芙蓮體內。

「她還說，雖然是那麼窩囊的爸爸，但還是要請我多多關照！」

搞什麼啊？

妳們倆什麼時候變得那麼意氣相投了？

「所以……所以……」

歌聲響起。

奈芙蓮又緊緊閉上眼睛。

唉。拿妳們沒辦法。為什麼我們家的女兒都這麼溫柔堅強？

（艾瑟雅，緹亞忒，菈恩托露可，娜芙德……）

威廉讓思緒徜徉於天上。

（可蓉、潘麗寶還有菈琪旭她們或許也快了……）

他依序回想妖精女兒們的臉。

懷念之情湧現，使得威廉稍微揚起嘴角。

（也許會有點麻煩……不過，我們倆就拜託妳們來收拾了……）

同時，威廉用僅剩之力將胸前的溫暖物體緊緊抱住。

他靜靜地閉上了眼睛。

7. 緋色頭髮的少女

——巨大冰塊中，關著一名年幼的孩童。

緋色長髮。安詳寧和的表情。

而在她的胸口上，有道深且大的刀傷。

那怎麼看都是致命傷，儘管如此，身懷傷口的孩童屍骸仍露出柔和微笑，持續沉睡著。

「……找到了。」

同樣有著緋色頭髮的少女從黑暗中接近而來。

『呀～！實在好險！』

空魚一邊飄在少女眼前，一邊微微地揮動胸鰭，像是在表現恐懼。

『時間上太驚險了嘛。假如再晚一點，就來不及了喔？』

「反正我們趕上了，沒有問題。」

『狀況還沒有從容到可以當作大功告成喔。』

「我明白。」

少女觸碰冰塊。

理應堅固的冰塊表面上，有漣漪散開。

間隔短瞬，伴隨著響亮的嘩啦水聲，原為冰塊的物體化成大量的水向四周飛濺。

「哇。」

全身淋濕的少女捂著眼睛，身體直哆嗦。當著她眼前，年幼孩童的屍骸「啪」地倒在當場。

『哎哎哎……這道傷口真狠。把女人的肌膚當什麼了嘛？』

「反正人都死了，擔心肌膚又沒有用。」

『妳那是陽壽正常者的思維。死了就拋下美麗不顧，有這種軟弱想法可不配當永生不死的女人喔？』

「我不太懂那些，無所謂。」

嘩啦嘩啦地踩出水聲的少女朝屍骸靠近。

她伸出手臂，輕輕地將其抱起。

「好冰。」

『當然了，因為一直都待在冰塊裡嘛。』

少女用手指遊走於屍骸胸前的傷口。

「……這道傷口被下了非常複雜的詛咒」

『那還用說。這可是摧絕神韻的極位古聖劍，堂堂瑟尼歐里斯造成的傷口喔？連不死之軀都能殺，人類得手的至高暴力。無論任何人都逃不過它那『致死』的力量——甚至星神所化的肉體也不例外。』

「這能復活嗎？」

『不先解開這道詛咒就沒辦法嘍。要我對付編得這麼細的詛咒，大概有點吃力。離開以後再找黑燭公，叫他想辦法吧。』

少女用手指輕輕撥起屍骸的瀏海。

「……她在笑呢。」

『是啊。會不會正在作美夢呢？』

「嗯。作了好多的夢喔。有開心的夢，也有悲傷的夢。雖然都很簡短，不過全是重要的夢。」

『她憧憬的女孩叫黎拉對不對，她有沒有變得像黎拉一樣呢？』

「不曉得耶。我不太清楚。」

宛如風吹過沙堆，周圍的黑暗開始瓦解消散。

漫長的夢，如今正要告終。

『妳絕對不可以放開她的手喔，要是聯繫斷開就完了。』

「我明白。」

少女緊緊地擁抱屍骸。

「——好久不見了呢，**我**。」

她朝著屍骸的耳邊呢喃。

「差不多該起床了喔。」

「末日時在做什麼？」
-grand guignol-

說來突然，艾瑟雅．麥傑．瓦爾卡利斯是個假惺惺的女孩。

她總是「啊哈哈」地笑得像刻意為之，不表露真正情緒。無論同伴受傷時，喪失性命時，她都不會卸下那張曖昧的笑容面具。

因此，對艾瑟雅不熟的年幼孩子們當中，還傳出了她是薄情人的**誤解**。艾瑟雅大概就是對自己以外的人都沒興趣，才能在任何人出事時都不改其笑容，那些孩子是這麼想的。

那樣的她正在讀書室裡查資料。

她從書架抽出大本書籍，在桌上攤開，翻閱書頁，抱頭嘀咕：「也不是這本耶……」

然後又把書放回架上。

「雖然我早就知道在這裡能查的知識有限……」

「妳想了解這裡查不到的知識？」

菈恩托露可從後頭搭話，艾瑟雅就「呀唔哇！」地發出奇妙尖叫聲，嚇得跳了起來。

「這是神學書？妳讀的東西不太合妳的風格呢。」

「怎怎怎樣，菈恩？從背後來陰的太卑鄙嘍。」

「面對有半截身子都趴在桌上的人，我要怎麼從前面搭話……看來，妳好像查資料查得正專心呢。」

「啊～沒有啦，哈哈哈。我覺得找了一大圈又回到原點就是了。」

艾瑟雅把手湊在後腦杓，十分刻意地笑給對方看。

「……艾瑟雅，妳的房間隔壁就是我的房間。」

「咦？對啦，是那樣沒錯。」

「在人前就算賭一口氣也不哭，我認為能那樣逞強是很了不起的。不過，請妳在房間裡哭也要有節制。因為這裡牆壁滿薄的，聲音聽得見。」

「真的假的！」

艾瑟雅許久沒在人前露出真正慌張的臉了。

「呃，那個……好的，以後我會注意，希望妳當成沒聽過……」

「不用妳說，我也是那樣想的。我可不會讓妳白花力氣傻笑。」

珂朵莉，還有奈芙蓮。

她們失去兩個伙伴——兩個朋友，已經過了半個多月。

所有人都明白，差不多該是整理好情緒的時期了。

明白歸明白，卻還是做不好。

此外，前些日子，似乎曾有個叫威廉·克梅修的男子待過這裡。菈恩托露可走在妖精倉庫，就算不想看也會看到他留下的痕跡。男用軍服架。刮鬍子用的剃刀。大靴子。大罐辛香料。浴室使用時間的規則上多了幾則條文。餐廳菜單的最底下，多了以前沒有的「本日甜點」項目，又被兩條線劃掉了。

「……真沒意思。」

這座妖精倉庫是她們的家，她們的歸宿，她們實質上的故鄉。明明如此，菈恩托露可她們不過離開短短兩個月，這塊珍貴的地方卻被陌生人改寫了。在這世上，這裡應該是唯一能用懷念之情來包容她們的地方，為什麼她卻要為異樣感及疏離感所惱？

菈恩托露可無法接受。

她重新體認到，那個男的果然是敵人。

「妳有見到他本人，還跟他講過話對不對？」

艾瑟雅這麼說。

「既然見過技官本人，最少也會明白他是什麼樣的人吧。這樣說不太好就是了，不過，那個人就是個單純到瞞不了事的傻瓜，跟外表所見的一樣喔。」

「很遺憾，我只有見識到那個人能幹、大顯身手和自我奉獻的部分。」

菈恩托露可搖頭。

「我不能從那麼偏頗的資訊來做判斷。結論會走偏。」

「……妳真是個麻煩的女生耶，雖然我本來就曉得了。」

要妳多嘴。

「葛力克有說過，好人本來就會先死。」

娜芙德停下演奏老鋼琴的手這麼說。

被珂朵莉拿走的劍（狄斯佩拉提歐）已經喪失，如今，雖然只是暫時性的，但娜芙德成了沒有劍的妖精兵。儘管這大概不是原因，但她最近沒有剪頭髮。在半個月之間，她那短短的頭髮留長了一點。

「所以說，那個人族肯定是個好人啦。」

「以理論而言充滿漏洞，卻具有說服力呢。目前在這裡仍然平安的遺跡兵器適用者，偏偏就是我還有艾瑟雅兩個人。」

「喂喂喂，把緹亞忒也算進去啦。」

「……我都忘了。」

坦白講，在菈恩托露可的印象中，緹亞忒只是個光會追在珂朵莉後頭的小妖精。她想都沒有想過，那樣的緹亞忒會站到她們旁邊一起作戰。

不過，事情肯定就是那樣。

時間永遠在流動，事事都會不停改變。

而且，停下腳步的人，肯定會被時間之流遺棄——或者被沖向前去。

「再說，我可不覺得這樣就結束了。讓人救了一命，怎麼可以浪費掉。我要札札實實地，用自己能接受的方式來運用。」

娜芙德彈起下一首曲子。節奏稍快的開朗曲子。不知道這是反映她現在的心情，還是體恤菈恩托露可的選曲。

「拋開往事活下去，在各方面是比較輕鬆沒錯。」

菈恩托露可如此嘀咕，然後趴在桌上，讓心沉浸在令人舒適的樂音當中。

†

——在遼闊無際的灰色荒野。

威廉睜開了眼睛。

「……唔……」

他立刻閉上眼睛。

感覺很奇怪。視覺沒有以視覺的形式發揮功能。聽覺、觸覺和其他所有感覺也是。肉體彷彿被重塑成另一種生物。五感及意識沒有順利兜攏。異樣感太強烈，甚至讓他想吐。

……不，不是「彷彿」。他被重塑了。

在意識深處，有一小撮火焰般的東西正在燃燒。那是憤怒，也是憎恨。對於翠綠大地，對於活著會動的眾多人類，對於那些事物所燃起的不明殺意。

原來如此，原來那些〈獸〉都懷著這玩意兒嗎？可以理解。

那麼世界當然會毀滅。畢竟他現在就巴不得動手摧毀。

現在還有人活著，還有東西沒壞，他無法忍受如此的事實。那些傢伙寄生並玷汙了這灰色的大地之母。那些東西不該存在。那些東西非得清理乾淨。

這肯定是目前刻印在這副身軀深處的衝動。假如想逃避，應該只有在夢中作繭自縛一途。

他緩緩睜開眼睛。

他起身。

在眾星閃耀的夜空下，美麗的灰色沙原遼闊無際。

自己回來了。那種喜悅，那種安詳在胸口擴散開來。

暗夜之中。

在整片遼闊的灰色中心，有一頭新誕生的〈獸〉發出初啼。

國家圖書館出版品預行編目(CIP)資料

末日時在做什麼？有沒有空？可以來拯救嗎？/ 枯野瑛作；鄭人彥譯. -- 初版. -- 臺北市：臺灣角川, 2017.03-

冊；　公分

譯自：終末なにしてますか？忙しいですか？救ってもらっていいですか？

ISBN 978-986-473-554-9(第4冊：平裝)

861.57　　106000987

Kadokawa
Fantastic
Novels

末日時在做什麼？有沒有空？可以來拯救嗎？ 4

（原著名：終末なにしてますか？忙しいですか？救ってもらっていいですか？ 4）

2017年3月20日 初版第1刷發行
2023年4月18日 初版第14刷發行

作者：枯野瑛
插畫：ue
譯者：鄭人彥
發行人：岩崎剛人
總編輯：蔡佩芬
編輯：彭曉凡
美術設計：李思穎
印務：李明修（主任）、張加恩（主任）、張凱棋

發行所：台灣角川股份有限公司
地址：104台北市中山區松江路223號3樓
電話：（02）2515-3000
傳真：（02）2515-0033
網址：www.kadokawa.com.tw
劃撥帳戶：台灣角川股份有限公司
劃撥帳號：19487412
法律顧問：有澤法律事務所
製版：巨茂科技印刷有限公司
ISBN：978-986-473-554-9